文春文庫

レフトハンド・ブラザーフッド
下

知念実希人

文藝春秋

レフトハンド・ブラザーフッド　下　目次

レフトハンド・ブラザーフッド　下

第三章　侵食の兄弟

1

「うわあ！」

悲鳴を上げながら上半身を跳ね上げる。体にかかっていた毛布が床に落ちた。せわしなく周囲に視線を送る。そこは見慣れた場所だった。この数週間、住み着いているウィークリーマンションの部屋。そのベッドの上にいた。

遮光カーテンの隙間から差し込んでくる日差しは強い。岳士は右手をこめかみに当てると、懸命に状況を整理する。たしか、サファイヤの原料を追って大学キャンパス内にあるプレハブ小屋に行って、そこで……。

自らの存在が希釈されていく感覚を思い出し、背筋に冷たい震えが走る。

「夢……？」

もしかしたら、バイクに乗るために二つ目のサファイヤを飲んでからの出来事は、すべて幻覚だったのだろうか。通常の倍量も摂取したのだ。その可能性も否定できなかった。

『夢じゃないよ』

唐突に聞こえた声に岳士《たけし》は「ひっ」と小さな悲鳴を漏らす。

『なに驚いているんだい？』

「急に声をかけてくるからだろ。いたのかよ」岳士は右手で胸元を押さえる。

『何ヶ月も前から、僕はずっとお前の左手にいるよ。なんだよ、あのクスリのせいで僕が眠っている状態が当たり前になってきたのかな？』

「そういうわけじゃ……。それより、なんで俺は自分の部屋で寝ているんだ？」

『僕が連れて戻ってきたからだよ』

「お前が？」

『そう、気づいたら林の中にある小屋のそばで突っ立っていたんだ。わけがわからなかったけど、とりあえずその場から離れることにした。それで、一番近くにあった門を乗り越えて外に出て、タクシーを拾って帰ってきたんだ』

「ちょ、ちょっと待て！」声が裏返る。「帰ってきたって、どういう意味だよ？」

『だから、タクシーを拾って……』

「そんなこと聞いているんじゃない。なんでお前が俺の体を動かせるんだ？　どんなに『領域』を広げても、左肩から先だけのはずだろ」

『そのはずだったんだけど、昨日は違ったんだよ。気づいたら全身使えるようになってた。まるで、お前と入れ替わったみたいにね』

「入れ替わったって……」

『きっと、あのクスリの影響だよ。四ヶ月前の事故でお前は頭にダメージを負った。そんな状態でドラッグを使ったんだ。なにが起こってもおかしくないだろ』

ふと岳士は、海斗《かいと》の『領域』がいつもよりも広がっていることに気づく。左手首から先が、海斗が『支配権』を持つ範囲だ。海斗は普段、その部分だけを支配しているはずなのに、いまは左前腕の中ほどまで感覚がない。

左手以外の部分は基本的に岳士の『支配領域』なので、いつでもそこの感覚を取り戻せるはずだ。しかし、なぜか前腕の感覚が戻ることはなかった。

『気づいたかい？　そう、僕の「領域」が広がっているんだよ』

「広がっているって、どういうことだよ？」

『ニュートラルな状態だと、前腕の真ん中辺りまで「僕」になるみたいだね。たぶん僕の「支配権」もそこまで広がっている』

「なんで……そんなことが？」舌がこわばる。

『だから、サファイヤのせいに決まっているじゃないか。あれを飲むと強制的に「僕」は眠らされる。けれど、効果が切れたらその反動で「僕」が広がるってことなんじゃないかな。お前が意識を失っているとき、僕が全身を動かせたのも、きっと同じ原理で起きたんだよ』

言葉を失う岳士に謝るように、左手首が曲がる。

『昨日は悪かったよ。真犯人を追うためとはいえ、サファイヤを飲ませてバイクに乗せたりしてさ。まさかこんなおかしなことになるとは思っていなかったんだ』

岳士は「いや……」と言葉を濁す。二本たてつづけにサファイヤを摂取したことなど言えるわけがなかった。サファイヤをはじめてすぐ大量に使うと、おかしくなる。ヒロキの警告を思い出し、恐怖が心を暗く染めていく。

『まあ、これで分かっただろ。あんなクスリ、使うべきじゃないって。それより教えてくれよ。あの小汚いプレハブ小屋はなんだったの？　尾行はうまくいったのかい？』

岳士は頷《うなず》くと、昨夜あったことを説明していく。十数分、ときどき軽い質問を挟みつつ説明を聞いた海斗は、人差し指を立てた。

『つまり、あのプレハブ小屋こそサファイヤの製造所で間違いないんだね。けれど、まだ錬金術師がどんな奴か分かっていないってことか』

「窓を割って、中に侵入しようとしたんだけど、その前に意識が遠のいて……」

『僕と入れ替わった。けど、窓を割る前だったのは不幸中の幸いかもね。あの小屋を発見されていることに気づかれていない。つまり、錬金術師はまたあの小屋にやって来るはずだ』

「あの小屋を張り込んで、錬金術師の正体を探るんだな」

『そういうこと。それじゃあ、準備して行こうか』

海斗は玄関を指さす。

「行くって、まだ昼だろ。夏休み中っていっても、きっと学生がいるぞ」

『あの刑事さんが言っていただろ。いつ警察が逮捕しにくるかも分からないんだ。のんびりしている余裕はないよ。それに、夜中に忍び込むより、学生がいる昼の方が目立たなくていい。もしかしたら、錬金術師もそう考えて昼間にサファイヤを作っているかもしれないし』

「昼間からドラッグを？　しかも、大学の中でか？」

『大学構内っていうのは、そういう違法行為をするにはなかなか良い場所なんじゃないかな。はた目から見たら、単なる化学研究に見えるだろうしね。それに、大学の敷地内は自治権やらなんやらで、警察がなかなか手を出しにくい』

「たしかにそうかもな」

『分かったら行くよ。錬金術師はきっと早川《はやかわ》殺しにかかわっている。あとは、警察が僕たちを見つけるのが早いか、それとも僕たちが真相にたどり着くのが早いかの勝負だ』

ベッドから立ち上がった岳士は、玄関に向かうことなくデスクに近づいた。

『……なにやっているんだよ？』

海斗の問いを黙殺して抽斗《ひきだし》を開けると、詰め込まれているサファイヤの容器を一本取り出す。

『おい、なに考えているんだよ。まさか、また使うつもりじゃないだろうな！』

「大学の近くに置いてきたバイクに乗る必要があるだろ。サファイヤなしじゃ、乗れないんだよ」

『今日は車を尾行するわけじゃないんだ。別にバイクに乗らなくてもいいだろ』

「錬金術師を見つけたら、そいつの正体を探るために追う必要があるかもしれない。それだったら、バイクがあった方がいいに決まっているだろ」

『だからって、そのクスリを使うなんて馬鹿げてる』

「馬鹿げていようがいまいが、使うしかないんだよ。さっきお前が言ったじゃないか。のんびりしている余裕はないって」

海斗を説得しながらも、岳士は自らの本心に気づいていた。

サファイヤを飲みたい。この蒼《あお》く輝くクスリの魔力に体を、心をゆだねたい。飢餓にも似たその欲求が体の奥底にくすぶり続けている。

『けれど……』

海斗が躊躇《ちゅうちょ》している隙に容器の蓋《ふた》を外すと、岳士はその中身を喉に流し込む。

『あ……、馬鹿……』

海斗の声が小さくなっていき、そして左手の感覚が戻ってくる。

「悪いな、海斗。けれど昨日みたいなことにはならないはずだから」

昨日は一気に二本摂取したからこそ、あんなおかしなことが起こったんだ。昨夜走り回ったおかげで、バイクに対する恐怖感はだいぶ薄れてきている。一本で十分運転できるはずだ。

　そうだ、適量を摂取する分には、サファイヤは安全なクスリだ。節度さえ持てば、ずっと使い続けることもできる。一瞬頭をかすめた「サファイヤの奴隷」という言葉を振り払うと、岳士は玄関へ向かおうとしたところで動きを止めた。まだ開いている抽斗から覗いているサファイヤに視線が奪われる。

　岳士は数秒ためらったあと、腕を伸ばして抽斗の中身を無造作に摑《つか》んだ。


　街灯の光が、ベンチに座る岳士に降り注ぐ。気の長い夏の太陽も沈み、しっとりとした闇が辺りに降りていた。岳士は額を拭う。それほど気温が高いわけでもないのに、グローブの手の甲にべっとりと粘度の高い汗がつく。

　午後二時頃に目的地であるこの大学に到着した岳士は、あか抜けた雰囲気の大学生たちの姿がある歩道を進んでいき、辺りに人がいないことを確認して林の中へと入ると、昨日訪れたプレハブ小屋へと向かった。

　樹の陰に身を隠しつつ、数十分かけて小屋の様子をうかがったが、中に人がいる気配はなかった。錬金術師はまだ来ていない。そう判断した岳士は歩道に戻ると、少し離れたベンチに腰掛け、林の中に入っていく怪しい者はいないか数時間監視し続けた。しかし、いまだにめぼしい人物は見つけられずにいた。

時刻は午後七時を回っている。すでに五時間以上、ここにいることになる。最初のうちは良かった。サファイヤがもたらす優しい悦楽に身をゆだねていたから。しかし、時間が経過するにつれ快感は薄れていき、それに代わって炎に炙《あぶ》られるような焦燥《しょうそう》感が襲い掛かってきた。

なんでこんなに苦しいんだ？　岳士は唇を噛む。これまで、サファイヤの影響はじわじわと薄くなっていき、気づかぬうちに消え去っていた。それなのに今回は……。

禁断症状。その不吉な単語が頭をよぎる。無意識に右手がズボンのポケットに伸び、中からサファイヤの容器を一つ取り出す。

これを飲めば楽になる。街灯の光を乱反射する蒼い液体が精神を揺さぶる。蓋を開けようと指先でつまんだところで、岳士は頭を振った。

ここでサファイヤを飲めば、引き返せなくなる。その確信がぎりぎりで思いとどまらせた。容器を乱暴にポケットに押し込み、岳士は立ち上がった。学生たちの姿はもうほとんどない。ここに座っていたら目立つだろう。小屋の近くで監視することにしよう。

枷《かせ》でもつけられているかのように重い足を引きずって林に入った岳士は、昨夜と同じように樹の陰から小屋の様子をうかがう。窓に明かりは灯っていない。やはり誰もいないようだ。

今夜、錬金術師はやって来るのだろうか？　太い幹に背中をつけた岳士は、歯を食いしばる。身の置き所が見つからないような不快感が全身に襲いかかっている。口が渇き、全身の汗腺から冷たい汗が止め処なく滲《にじ》み出す。

サファイヤを飲みたい。サファイヤさえ飲めば……。

唇に犬歯を立て、痛みでサファイヤへの欲求を誤魔化《ごまか》しながら、岳士は小屋へと近づく。

こんな状態であと何時間も過ごせるわけがなかった。昨夜やろうとしたように、窓を割って小屋に侵入し、錬金術師の手がかりを探すしかない。きっと、極限まで追い詰められているこの状況が俺をおかしくしているんだ。手がかりを見つければ、この渇きもおさまるはずだ。

窓の下に昨日落とした石を見つけると、岳士はそれを手に取り、躊躇することなく窓に向かって投げつけた。大きな音とともに窓ガラスが割れる。手を差し込んで鍵を外し、勢いよく窓を開けた岳士は、その場に立ち尽くす。小屋の中は空になっていた。

運び込まれたはずの段ボール。床に置かれていた様々な薬品。長机に設置されていた専門的な機器。昨夜、換気口から見たそれらのものが完全に消え去っていた。

狐につままれたような心地のまま、岳士は窓枠に足をかけると、ガラスの破片を踏まないように気をつけて中に入る。

小屋を間違えたのだろうか？　壁のスイッチを押す。蛍光灯の光が室内を照らし出した。眩しさに目を細めた岳士は、床に埃《ほこり》が全く積もっていない場所があることに気づく。ごく最近までここに何かが置かれていた。やはりここは、昨夜見つけたサファイヤの製造所に違いない。

昨日、意識を失ってから、今日の午後に戻ってくるまでの間に薬品や機器は全て運び出された。何故か。理由は簡単だ。ここが見つかったからだ。

「ちくしょう！」

岳士はちゃちな作りの壁を思い切り蹴りつける。小屋全体が震えた。

手を伸ばせば届くところまで迫った犯人の手がかりが消え去ってしまった。今後、錬金術師は警戒を強めるはずだ。新しいサファイヤの製造所を見つけることは、もはや不可能だ。

おしまいだ。これが最後のチャンスだった。地獄に垂れた蜘蛛の糸は切れてしまった。

うなだれた岳士は、机の上に何かが置かれていることに気づいた。近づいてみると、それは茶封筒だった。開いて覗きこむ。中には数枚の写真と紙が入っていた。封筒を逆さにすると写真だけが出て来た。喉から悲鳴じみたうめきが漏れる。

そこに写っていたのは岳士自身の姿だった。川崎のマンションのエントランスに入る姿。外廊下を歩く姿。部屋に入る姿。

なんで、こんな写真が？　あのマンションは、警察にも知られていないはずなのに……。

小屋の中は蒸し暑いにもかかわらず、寒気に襲われる。奥歯がカチカチと音をたてはじめた。

岳士は震える指先を封筒に入れる。毒蛇が潜んでいる穴に手を差し込むような心地だった。取り出した紙にはやけに角ばった太い文字が記されていた。

「ずっとお前を見ている　盗んだものを返せ」

「うわあ！」

紙と封筒を放り捨て、岳士は後ずさる。

ずっと見られていた？　身を潜めていたはずなのに、ずっと監視されていた？　監視？　誰に？　決まっている、真犯人だ。殺人犯に俺はずっと監視されていたんだ。

すぐ背後に誰かが立っている気がする。岳士は「ひっ」という悲鳴とともに、振り向きざま右フックを振るう。しかし、拳《こぶし》は空を切るだけだった。

再び背後に人の気配。岳士は振り向くが、やはりそこには誰もいなかった。

逃げないと。いますぐに逃げ出さないと。走ろうとするが、足が縺《もつ》れてしまう。何とか窓から這《は》い出た岳士は、何度もつまずきながら暗い林の中を駆けていく。その間ずっと、背後から誰かに追われているような恐怖に襲われ続けた。

玄関に上がった岳士は、扉の鍵を閉め、チェーンをかけると、せわしなく両手のライダーグローブを外し、靴を履いたまま部屋に入る。大学のキャンパスをあとにした岳士は、停めてあったバイクを飛ばして川崎のマンションへと戻ってきていた。

本当ならこの部屋に戻ってきたくなかった。けれど、逃亡生活に必要なものはこの部屋に置かれている。岳士は机の抽斗を全て引き抜いて床に並べていく。

所持金と渋谷で男から奪った免許証、早川の金庫にあった資料とノートパソコン、それに……。

必要なものを次々とバッグに詰め込んでいた岳士の視線が、抽斗のサファイヤに引き寄せられる。その淡い輝きは、いまにも崩れ落ちそうな精神をいくらか安定させてくれた。

抽斗へ手を伸ばしかけたとき、インターホンのチャイムが空気を揺らした。岳士は勢いよく振り返り、玄関扉を凝視する。再びチャイムが鳴り響いた。

真犯人か？　とうとう真犯人が俺を殺しに来たのか。岳士は震える手でプラスドライバーを取って立ち上がる。玄関に近づくにつれ、ドライバーを持つ掌《てのひら》に汗が滲んできた。

「来るなら来いよ……。返り討ちにしてやる」

ドアスコープを覗いた岳士は、膝が崩れそうなほどの脱力感に襲われた。

「ちょっと、岳士君。いるんでしょ。開けてよ。彩夏《あやか》だってば」

外に立つ彩夏が声を張り上げる。岳士はチェーンと鍵を外し、扉を開けた。

「もう、早く開けてよね」

頬を膨らませながら玄関に上がり込んできた彩夏は、岳士が手にしているドライバーを不思議そうに見る。

「家具でも組み立ててたの？」

「いや、なんでもありません。で、何か用ですか？」

岳士はドライバーを靴入れの上に置く。

「なによ、用がないと会いに来ちゃいけないの。二回もヤッたのに」

「そういうわけじゃ……」

「冗談だってば。ただ、コンビニで買い物して戻ってきたら、岳士君が真っ青な顔で非常階段駆け上がっていくのが見えたからさ。なにかあったのかなと思って」

「いえ、べつに……」

言葉を濁《にご》す岳士に疑わしげな眼差しをくれると、彩夏はわきをすり抜ける。岳士が「あ⁉」と声を上げたときには、彼女は部屋に入っていた。

「ちょっと⁉　なに、これ？」

部屋の惨状を見て、彩夏は甲高い声を上げる。岳士が答えられずにいると、彩夏は大きく口を開いたバッグの前に跪《ひざまず》き、その中身を出していく。ついには、早川の資料を取り出し、それをぱらぱらとめくりはじめた。岳士は強引に資料を奪い取る。

「やめてください！」

「ねえ、なんで荷造りなんかしているの？　まさか出て行くつもりじゃないわよね？」

岳士が黙り込むと、彩夏は目を覗き込んできた。

「ちゃんと説明してよ」

「……この部屋は監視されているんです。だから、すぐに出て行かないと」

「監視されている？　誰に？」

「彩夏さんには関係ありません」

「……ちょっと来て」

抽斗に収まっているサファイヤを数本鷲摑《わしづか》みにすると、彩夏は強引に岳士を立たせ、そのまま玄関に引きずって行った。

「どこに行くんですか？」

「いいから来て！」

有無を言わせぬ口調に圧倒され、岳士は口をつぐむ。岳士を外廊下に連れ出した彩夏は、隣にある部屋へと向かった。

「ここならいいでしょ」

自室に岳士を連れ込んだ彩夏は、腰に両手を当てる。

「どういうことですか？」

「だから、監視されているとかなんとかいう話。岳士君の部屋が監視されていても、私の部屋なら大丈夫。これで落ち着いて話せるでしょ」

「そういう問題じゃないんです。俺はずっと監視されていたんです。きっと、彩夏さんとの関係も気づかれています。だから、遠くに逃げないと」

「じゃあ、私も監視されているってこと？　それなのに一人で逃げようとしていたの？」

岳士は言葉に詰まる。たしかにその通りだ。このままでは彩夏にまで危険が及ぶかもしれない。パニックになっていて、そのことにまで頭が回らなかった。

「そ、それじゃあ二人で逃げましょう！　貰ったバイクなら二人で乗れます。あれで飛ばせば、きっと誰も追ってこられないはずだから……」

早口でまくしたてる岳士の口に、彩夏は唇を重ねた。岳士は目を見開く。ゆっくりと唇を離した彩夏は哀しげに微笑んだ。

「落ち着いて、大丈夫だから。全部わかってる。……ごめんね、私のせいだよね」

「彩夏さんのせい？」

「最近、かなりサファイヤを使っていたんでしょ？　だからだよ。まだ慣れないうちに大量に使うと、被害妄想が出ることがあるんだ。誰かに監視されているとか、狙われているとかさ」

「違うんです。これは本当に……」

岳士の目の前に、彩夏はサファイヤを差し出す。蒼い液体が視線を引きつけた。

「大丈夫、これを飲めばそんな妄想は消え去るからさ」

「なにを、言って……、いま、それのせいで妄想を見たって……」

口の中から急速に水分が失われていく。灼熱の砂漠を何日も彷徨《さまよ》っていたかのような渇きが責め立ててくる。

「急にやめるのは危険なの。まずはサファイヤを飲んで禁断症状をどうにかしないと。そのあとで、ゆっくりと摂取量を減らしていけばいいのよ。それが一番いい治療法」

「違うんです。本当にずっと監視されていたんです。いまにも襲われるかもしれない」

「ずっと監視されていたのに、なにもなかったんでしょ。なら、焦る必要ないじゃない。それに、禁断症状で苦しんでいる状態じゃ、冷静な判断はできない。まずは落ち着かないと」

彩夏は容器の蓋を開ける。かすかにバニラのような香りが鼻孔《びこう》をかすめた。狂おしいほどの渇きが一段と強くなる。

「まずはこれを飲んで、ゆっくり話し合いましょ。それでもここを出るっていうなら、私も一緒に行ってあげるからさ。二人で部屋借りてもいいし、ホテルを泊まり歩いてもいい」

そうだ、冷静になるためにはサファイヤが必要だ。これは必要なことなんだ。自らに言い訳をした瞬間、欲望の枷が外れた。

岳士は彩夏の手からサファイヤを奪い取ると、むさぼるようにその中身を飲み干す。口から食道、そして胃へとサファイヤが通過した部分が潤《うるお》い、渇きが癒されていく。目を閉じ、意識を集中させる。鳩尾《みぞおち》がほのかに温かくなった十数秒後、体内で宝石のような輝きが灯《とも》った。それは一気に広がり、全身の細胞を美しく染め上げていく。

苦痛からの振れ幅が大きかったせいか、これまでにない快楽が全身を貫いていた。

岳士は肺の底に溜まっていた空気を吐き出す。体が風船のように軽くなり、いまにも宙に浮かびそうだ。頭にかかっていた混乱と恐怖の靄《もや》も一気に晴れ、思考が冴えわたる。

そうだ、監視されていたとしても、危害を加えられてはいない。すぐに逃げ出すより、今後のことを落ち着いて考えた方がいい。

落ち着きを取り戻し、瞼《まぶた》を開けた岳士は息を呑む。いつの間にか明かりは落とされ、薄暗い部屋の中で下着姿の彩夏が妖艶な笑みを浮かべていた。見ると、床には彩夏の服とともに、空のサファイヤの容器が二つ転がっていた。

「私も飲んじゃった。ねえ、……しよ」

彩夏は細い腕を、岳士の頭に回す。

こんなことをしている場合じゃないという理性の警告は、燃え上がった欲望の炎に容易《たやす》く焼き尽くされる。岳士はせわしなく服を脱ぐと、彩夏の華奢《きやしや》な身体を抱き寄せた。触れ合った部分から肌が融け合っていく。

どちらからともなくベッドへと近づいた二人は、四肢を絡め合ったまま倒れこむ。岳士は彩夏の唇の隙間に舌をねじ込みながら、彼女の下半身へと手を伸ばす。すでにそこは熱く濡れていた。

お互いの下着を剝《は》ぎ取ると、岳士は硬くたぎったものを彩夏の中へと突き入れる。彩夏は悦びの悲鳴を上げると、岳士の体に手を回し、背中に爪を立ててきた。その鋭い痛みすら、岳士には快感だった。岳士は本能のまま、打ちつけるように腰を動かす。

「離さないから……。もう、絶対に離さない……」

体をのけぞらせながら、うわごとのように彩夏が声を絞り出す。岳士は息を乱しながら動きを速めていく。お互いが急速に上り詰めていく。

岳士は一際強く、深く腰を打ち込むと、彩夏の体を抱きしめて歯を食いしばる。背中に回された彩夏の腕に力が入り、爪が皮膚を破った。

「……タカ……シ」

体を硬くする彩夏の唇から切れ切れに漏れた名を聞いて、興奮の波が一気に引いていく。それと同時に、二人の全身の筋肉が同時に弛緩した。

岳士は倒れこむように彩夏の乳房に顔をうずめると、必死に酸素をむさぼる。

背中の傷の痛みを感じながら、岳士は彩夏の加速した心臓の鼓動を聞き続けた。

2

気づくと男と向かい合っていた。

「うおっ⁉」

岳士は身を引く。目の前の男も、驚きの表情を浮かべて後ずさった。それを見てようやく、姿見の前に座っていることに気づく。周囲を見回すと、そこは自分の部屋だった。

「なんでここに……？」

眉間に指をあてて必死に記憶をたどる。彩夏の部屋に連れ込まれ、体を重ねたところまでは覚えている。しかし、その後、どうやって部屋に戻ってきたのか分からなかった。掛け時計に視線を送ると、時刻は午前八時を回っていた。

『なんでじゃないよ』

唐突に声を掛けられ、鏡の中の男が再び驚きの表情を浮かべる。

「海斗⁉　いったい何がどうなっているんだよ？」

『それはこっちのセリフだ。お前は錬金術師の正体を探りに大学に行ったはずだろ。それなのに、なんでまたあのお姉さんとベッドにいるんだよ。まさか、サファイヤを飲んで僕を黙らせたのは、いちゃつくためだったんじゃないよな』

揶揄《やゆ》の言葉に、羞恥《しゅうち》が湧き上がる。

「そんなわけないだろ。ちゃんとあの大学に行って、プレハブ小屋を見張ってた」

『じゃあ、なんで僕が気づいたら、あのお姉さんの胸に顔をうずめていたんだよ。あんまり驚いたから、大声上げそうになっちゃったよ。なんとか耐えて、こっちに避難してきたら、今度は部屋の中がめちゃくちゃだ。混乱して、ずっとお前が起きるのを待っていたんだよ』

「避難って……、また体を使えたのか？」

『うん。どうやら、お前が眠っている間、僕に体の「権利」が移るみたいだね』

首筋が寒くなっていく。一昨日、海斗が体を使うことができたのはサファイヤを通常の二倍量摂取したからだと思っていた。しかし、昨日は通常量しか摂っていないにもかかわらず、海斗に全身を支配された。自分の体に何が起こっているのか分からない。

ふと岳士は、左肘から先の感覚が消え去っていることに気づいた。

「海斗、お前、肘まで……」

『ああ、ニュートラルな状態での僕の範囲が、さらに広がっているね。まあ、こういうおかしなことは全部あのクスリのせいだよ。あれさえやめれば、きっとすぐに元通りさ』

「そうだよな……」

声がひび割れる。

本当にサファイヤを使わなくなれば元に戻るのだろうか？　そもそも、やめることなどできるのだろうか？　額に脂汗が滲む。漠然とした不安とともに、身の置き所のない焦燥が体の奥で燻《くすぶ》っていた。自らの内側に意識を集中させ、その正体を探っていた岳士の目が、部屋の隅に転がっているものをとらえる。その瞬間、疑問が消え去り、それとともに恐怖で顔がこわばる。

サファイヤ。何かの拍子に抽斗から落ちた、プラスチック容器の中で揺れる蒼い液体から視線が外せなくなる。最後にサファイヤを飲んでからまだ半日も経っていない。それなのに、俺の体はもうあのクスリを欲している。

サファイヤの奴隷。頭に浮かんだその単語を、岳士は必死に振り払う。

『どうした？』

「いや……、なんでもない」

『それなら、そろそろ説明してもらえるかな？　昨日、サファイヤで僕を無理やり眠らせたあと、何があったのかをさ』

棘《とげ》のある口調で海斗に促されると同時に、昨夜の記憶が一気に蘇《よみがえ》ってくる。

「そうだ、この部屋は監視されているんだ！　早くここから逃げないと！」

岳士は床に放り出されているバッグに這うように近づいていく。

『落ち着けって』

海斗が額を軽く叩いた。

『詳しく説明してくれよ。それから、このあとの行動を考えよう』

これほど追い詰められた状況だというのに、生まれてからずっと頼ってきた兄の言葉に、胸の内で吹き荒れていた混乱の嵐が急速に凪《な》いでいく。

「じつは……」

安心感と敗北感がブレンドされた感情をおぼえつつ、岳士は昨夜の出来事を語りはじめた。

『つまり、僕たちは監視されていたってことか？』

ときおり相槌《あいづち》をうちながら話を聞き終えた海斗は、低い声で確認する。

「そうだ。錬金術師はずっと俺たちを監視していたんだよ。いまだって、きっとどこかで見ているはずだ。だから、さっさと逃げないと」

『焦るなって言ってるだろ』海斗は顔の前に左手をかざしてくる。『たしかに驚いたけどさ、逆にこれはチャンスかもしれない』

「チャンス？　なに言ってるんだよ。居場所がばれているんだから、相手は俺たちを襲うことも、警察に通報することもできるんだぞ」

『けれど、これまでどちらもされていない。それはなんでだ？』

虚を衝《つ》かれ、岳士は「え？」と声を上げる。

『まず状況から見て、錬金術師が早川殺しの真犯人である可能性は極めて高い。もし通報すれば、そいつは僕たちにその罪をなすりつけることができたはずだ。なのに、警察はまだここに押しかけてはこない。なんでだと思う？』

「何でって……」岳士はこめかみを押さえる。

『答えは一つしかない。錬金術師は僕たちが警察に捕まったら困るんだよ。早川の金庫から、僕たちが何か重要なものを取り出したと思っているから』

「錬金術師の正体がわかるものか？」

『いや、たぶん違う。もし僕たちが摑んだのが奴の正体なら、錬金術師はスネークの奴らでも使って僕たちを襲わせていたはずだ。けれど、実際はその手段を取らなかった。なぜなら、その情報はスネークたちの手に渡すわけにもいかなかったからだ』

スネークにも渡すわけにいかない？　口元に手を当てた岳士は、はっと顔を上げる。

「サファイヤのレシピ！」

『そう、それだよ。早川が手に入れた情報っていうのはきっと、サファイヤのレシピだったんだ。レシピを知っているのは錬金術師だけ。だからこそ、錬金術師はサファイヤの製造で稼ぐことができていた。けれど、もしレシピがスネークに知られれば、錬金術師は用済みになる。それどころか、他の組織にレシピが漏れるのを防ぐために、口封じされるかもしれない。だからこそ錬金術師は自分だけの力で取り戻そうとしているんだ』

海斗は得意げに左手の人差し指を立てる。

『僕たちは必死に真犯人を追っていた。けれど、そんな必要はなかったんだ。錬金術師は自分から僕たちに近づいてくるんだからね』

岳士は呆然と説明を聞く。監視されていたことを知った際はただ怯《おび》えるだけで、そんな見方もあるなど考えつかなかった。

『それに、今回のことで錬金術師について、色々と分かったことがある。まず錬金術師は少人数だ。あの関西弁の金髪男が言っていた通り一人なのかもしれない。そうじゃなきゃ、自分で僕たちを襲っていただろうからね』

襲われる可能性は低いことが分かり、緊張がいくらか緩む。

「それじゃあ、段ボールを運んでいた男が錬金術師かもしれないってことか」

『さあ、それはどうだろうね。錬金術師はサファイヤでかなり金を稼いでいるはずだ。わざわざ自分で、そんな重労働するかな？　それに、違法薬物の搬送はリスクも大きい。お前が見たのは、雇われた男の可能性が高いと思うよ。それより僕が気になるのは、どうやって僕たちがここに隠れていることをつきとめたのかだね』

「それこそ、金を使って探偵か何かに調べさせたんじゃないか？」

『おいおい、天下の警視庁でもまだ僕たちを逮捕できていないんだぞ。普通の探偵なんかが見つけられるわけないだろ』

海斗は指をひらひらと動かす。

『可能性があるとしたら……早川の部屋を調べたときだね。あのとき僕たちに刑事が来ることを告げた電話、あれはきっと錬金術師が掛けてきたんだ』

「なんでそう言い切れるんだよ？」

電話から聞こえてきた甲高く人工的な声が耳に蘇る。

『状況からしてそうとしか考えられないだろ。多摩川《たまがわ》の河川敷で殺されたとき、早川はレシピを持っていなかった。だから錬金術師は早川の部屋を調べたけど、レシピは見つからなかった。しかたがないんで部屋を監視していたところ、僕らがやって来て隠し金庫を開けたんだ。そのとき、ちょうど刑事が近づいていることに気づいた錬金術師は、慌てて電話をして僕たちに警告をした。レシピが警察の手に渡るのを防ぐためにね。そう考えれば辻褄が合う』

「そのあと、俺たちを尾行したっていうわけか？」

『普通に考えたらそうなんだろうけど、なんかしっくりこないよね。あのとき、僕たちは全力で裏道を走り回っただろ。尾行されていたら、さすがに気づくと思うんだ』

海斗は数秒唸《うな》るような声を上げたあと、唐突に五指を開いた。

『パソコン！　あのノートパソコンだよ！　きっとあれだ。あれを調べないと』

「パソコン？　けれどあれ、パスワードがかかっているだろ」

『いいから早く！』

海斗に急かされた岳士は「分かったよ」とバッグに詰め込んでいたパソコンを取り出すと、机の上で開いて電源を入れる。すぐにパスワードを打ち込む画面が表示された。

「やっぱりだめだ。たしかに、この中に情報があっても、見られなきゃ意味がないだろ」

唐突に左手が動き、パソコンを摑み上げる。

『中にあるのは情報だけとは限らない。僕たちは早川の部屋からパソコンを持ち出した。なにか重要なデータが入っているかもしれないから当然だよね。けれど、それが罠《わな》だったのかも』

パソコンを裏返しにした海斗は、バッテリーパックの蓋に指先をかける。

ていた。

「どういう意味だよ？」

『あれはわざと目立つ場所に置かれていたのかも。僕たちに持ち出させるためにね』

蓋が開く。狭い空間にリチウム電池とともにボタン程度の大きさの機器が押し込まれていた。

「これ、なんだ？」

『たぶんGPS発信機かなにかじゃないかな』

「GPSって、それじゃあ……」

『そう、このパソコンは早川のものじゃない。僕たちがあの部屋を調べるってことを予想した錬金術師が仕掛けたんだよ。いま考えれば、僕たちの前に部屋を荒らした錬金術師が、ノートパソコンを持っていかないわけがない。その中に、自分に繋《つな》がるデータが入っているかもしれないんだからね。僕たちはまんまと罠に引っかかって、隠れ家を錬金術師に知らせていたのさ』

「くそっ！」

岳士は発信機を取り出すと、壁に向かって思い切り投げつけた。ちゃちな作りのそれは、砕けて中の部品が床に落ちる。

『八つ当たりするなって。さっきも言ったように、追い詰められているのは錬金術師も同じなんだからさ。だからこそ、サファイヤの製造所に脅迫状を残したんだよ』

海斗の真意が読めず、岳士は眉根を寄せる。

『よく考えてみなよ。監視していると知ったことで、僕たちは警戒を強めただろ。錬金術師にとっては、わざわざ手札を一つ晒《さら》したってことになる。なんでそんなことをしたんだと思う？』

「なんでって……」

『きっと錬金術師は、僕たちが留守の間にこの部屋を探したはずだ』

岳士は「えっ」と声を上げると、部屋を見回す。

『そりゃそうだろ。せっかく居場所を知っているんだからさ。ここの玄関の鍵はかなりちゃちな作りだから、その気になればすぐに開けることができるさ。数週間前から監視されていたなら、侵入もされていたと考えるべきだよ』

唯一安全な場所だと思っていたこの部屋に、殺人犯が侵入していた。恐怖とともに、海斗の話に集中して一時的に忘れていたサファイヤへの欲求がぶり返してきた。視線が自然と、部屋の隅に落ちている蒼い液体の容器へと引き寄せられていく。

『……どこ見てるんだよ？』

海斗が冷たい声で言う。

「なんでもない、気にしないでくれ」

『もっと集中して聞けよな。家探ししたけれど、錬金術師は目的の物、サファイヤのレシピを見つけることはできなかった。当たり前だよね、僕たちはそんなもの持っていないんだから。けれど、隠し金庫から僕たちがレシピを盗み出したと思い込んでいる錬金術師は、この部屋を監視し続けた。それでもレシピは見つからない。このままだと、僕たちは逮捕され、レシピが警察の手に渡るかもしれない。だからこそ、サファイヤの製造所に脅迫状を残したんだよ』

「脅迫すれば、俺がレシピを渡すと思ったってことか?」

『まさか。そうじゃなくて、監視されていることを知った僕たちがここから逃げ出すのを待っているんだよ。隠したレシピと一緒にね』

海斗は得意げに人差し指を振った。岳士は「あっ」と声を漏らす。

『分かったみたいだね。きっと錬金術師はいまもこの部屋を監視している。そして、レシピを持ってこの部屋を出た僕たちをどうにかするつもりなんだよ』

「どうにかって……、襲うってことか?」

緊張で声がかすれる。

『その可能性もあるね。相手は早川を殺した可能性が高い。追い詰められればどんなことをしてくるか分からない』

海斗の声のトーンが落ちる。岳士は喉を鳴らして唾を飲み下した。

「これからどうするんだ? 移動しない方がいいのか?」

『……いや、いつかは錬金術師だって実力行使に出るはずだ。ここにいるのは危険だよ』

「けれど移動したら、襲ってくるかもしれないんだろ!」

『それこそ千載一遇のチャンスだ。返り討ちにすれば、錬金術師の正体を暴ける』

「簡単に言うなよ！　相手は人殺しなんだぞ！」

『お前はミドル級のインターハイボクサーだ。早川みたいな小柄で痩せた中年男とは違う』

　海斗は左手の人差し指を、岳士の眉間に当てる。

『いいか、このままだと僕たちは遠くない未来に逮捕される。もうぎりぎりのところまで追い詰められているんだよ。覚悟を決めなよ。錬金術師を誘い出すんだ！』

　覇気の籠《こも》ったセリフに圧倒された岳士は、口を真一文字に結ぶ。ここまで熱くなっている海斗は記憶になかった。大きな岐路に立っていることを実感する。

　数回深呼吸をしたあと、岳士はゆっくりと口を開いた。

「分かった。錬金術師を誘い出そう。決着をつけよう！」

『そう来なくっちゃ』左手が親指を立てる。『さて、そうと決まれば準備をしようか。いかにも大切なものを持ち出しているかのように見せかけて、相手が食らいついてきやすくしないとね。それに、人目が少なくて相手が襲ってきやすいけれど、罠だって気づかれるほどはわざとらしくない場所も考えないと』

「あのさ、彩夏さんは……」

　岳士がおずおずと言うと、左手がくるりと回転し、掌が顔に向けられた。

『あのお姉さんがなんだって？』

「いや、さっき彩夏さんに、ここを出るときは一緒に行くって約束を……」

じわじわと左手が顔に近づいてくるにつれ、言葉が尻すぼみになっていった。

『どれだけ危険なことをするか分かっているのか？　あのお姉さんを巻き込む気かよ。お前さ、あのお姉さんのこと好きなんだろ。どんなに近づくなって言っても無視するぐらい』

正論をぶつけられ、なにも言えなくなる。

『正直、僕はあのお姉さんにあんまりいい印象はないけどさ、お前の恋愛にケチつける気はないよ。けど、まずは錬金術師の正体を暴《あば》いて、なんとか冤罪《えんざい》を晴らすことに集中しなよ。そのあとでお姉さんとの関係についてはゆっくり考えればいいだろ』

岳士は渋々「分かった……」と、頷いた。

「ただ、彩夏さんに一言挨拶だけさせてくれ。少ししたらまた戻って来るって」

『まだ分からないのかよ。そんなことしている場合じゃないって！』

「あの人は俺がいなくちゃダメなんだよ！」

苛立たしげに手首を振る海斗に、岳士は声を荒らげる。

「あの人には同じ経験をした俺が必要なんだよ。その苦痛が理解できる俺が！」

『……違うね』

海斗は低い声でつぶやいた。

『あの人が欲しがっているのは理解者じゃない。死んだ弟の身代わりさ』

喉から物が詰まったような音が漏れる。

『お前だって本当は気づいているだろ。弟さんが死んだショックのせいか、それともそのあとサファイヤをやりすぎたせいか分からないけれど、あのお姉さんが壊れかけているってことを。あの人はお前に弟を重ねているのさ』

「なにがきっかけだってかまわないだろ。彩夏さんは俺を……愛してくれているんだ」

『それは男としてかい？　それとも、弟として？』

頰の筋肉が引きつり、言葉が出なくなる。

『きっかけだけなら問題ないよ。けれど、同一視していたら？　お前を亡くなった弟だと思い込もうとしていたら？　それでもお前は良いのかい？』

「それでも……、俺には彩夏さんが必要なんだ……」

海斗はわざとらしく嘆息するような声を出す。

『その状態、なんて呼ばれるか知っているかい？　「共依存」ってやつだよ。近づけば近づくほど、二人とも傷ついていくのさ』

岳士は拳を握り込んでうつむく。それでもよかった。あの事故からずっと、臓腑《ぞうふ》が腐っていくような、生きながらにして死んでいくような感覚に苛《さいな》まれていた。彩夏とお互いに傷つけ合い続ければ、その痛みが生きている実感を与えてくれる。そして、もしその痛みに耐えられなくなったときは……。

サファイヤを、あの幸福感を濃縮したような液体を飲み干したときの記憶が蘇り、全身の細胞が渇きに悲鳴を上げはじめる。

「それで構わない！　俺はあの人と生きていくんだ！」

岳士は部屋の隅へと移動し、そこに落ちているサファイヤを拾い上げる。

『おい、待てって！　何するつもりだよ⁉』

「俺は彩夏さんと話をする。彼女に黙って出て行ったりしない」

『分かった。話をしてもいい。けど、そのクスリはやめろ。本当に取り返しがつかなくなる』

海斗の懇願を聞きながら岳士は容器を振る。蒼い液体から零《こぼ》れた輝きが、心の柔らかい部分をくすぐった。口腔内に唾液が溢《あふ》れる。

「悪いな海斗。これで最後かもしれないんだ。二人だけで話したいんだよ」

容器の先端を嚙んで開ける。

『本気かよ？　マジでやめろってば』

制止の声を無視すると、岳士は迷うことなくサファイヤを飲み干した。

身体の、心の渇きが急速に癒されていく。瞼を落とし、天井を仰いで、しばし快感を嚙みしめた岳士は、空になった容器を放り捨てた。

二人だけで話したい、それがサファイヤを飲むための言い訳に過ぎないことに気づいていた。もはや、自分がサファイヤなしでは生きられない体になっていることも。

これからどうなってしまうのか分からない。しかし、暗闇しか見えない未来に対する不安も、いまはサファイヤが洗い流してくれる。

錬金術師の正体さえ暴けばあとは何とでもなる。この作戦さえ成功すればきっと全てがうまくいく。そして、いまの自分なら、錬金術師を返り討ちにすることなど容易《たやす》いはずだ。

なんの根拠もない自信が体を突き動かす。岳士はそのまま大股に彩夏の部屋へと向かった。外廊下に出ると、隣の玄関扉をノックする。すぐに彩夏が出てきた。料理をしていたのか、小さなエプロンを着けていた。ややサイズの小さいTシャツとジーンズが身体のラインを際立たせている。

「あ、岳士君。ちょうど良かった。いま朝ご飯つくっていたんだ。一緒に食べようよ」

フライパンの上で、目玉焼きとベーコンがジュウジュウと食欲を誘う音をたてていた。

「それにしても、いつの間に出て行ったの？　目が覚めたら隣にいなかったから焦ったのよ。まあ、すぐ壁越しに声が聞こえてきたから安心したけどさ」

彩夏はフライ返しで器用に目玉焼きを裏返しにする。

「ここって壁が薄いから、簡単に声が聞こえてくるよね。けど、前から思ってたんだけど、岳士君って独り言が多くない？　なにかぶつぶつ言っているのが、よくこの部屋まで……」

「彩夏さん」

上機嫌な言葉を岳士は遮《さえぎ》る。フライ返しを持つ彩夏の手の動きが止まった。

「なあに？」

「あの、やっぱり俺、ここから出て行きます」

彩夏は目を剥いた。

「何で⁉ 言ったでしょ、監視されているなんて感じるのは、サファイヤのせいだって」

「違うんです。詳しくは言えないんですけど、トラブルに巻き込まれているんです」

彩夏は険しい表情で見つめてくる。その眼差しに圧を感じながら、岳士は言葉を続けた。

「だから、そのトラブルが解決するまで、ここから離れないといけないんです」

「それなら私も一緒に……」

「ダメです！」

岳士は声を大きくする。驚きと恐怖が混じった顔で口をつぐむ彩夏に、胸に痛みが走った。

「もし俺といたら、彩夏さんまで危険な目に遭う。だから……一緒には行けません」

彩夏は泣き出しそうな表情を浮かべたあと、力なくうつむいた。岳士は必死に言葉を重ねる。

「別にお別れってわけじゃないんです。トラブルが解決できたら、すぐにここに、彩夏さんのところに戻ってきます。ほんの少しの間、留守にするだけです」

彩夏はキッチンに向き直ると、まな板の上に置かれていた包丁に手を伸ばした。

「彩夏……さん……？」

彩夏が緩慢に顔を上げる。岳士を見つめるその顔からは、表情が消え去っていた。能面と対峙しているかのような心地になり、足が震えはじめる。

彩夏は虚ろな目で包丁を見つめると、その刃を首に当てた。

「なにしているんですか⁉　止めてください！」

「動かないで！」

伸ばしかけた岳士の右手は、彩夏の悲鳴じみた声で動きを止める。

「また……、私を置いていくの？」

彩夏は抑揚のない声でつぶやいた。

「またって……、俺はこれまで一度も彩夏さんを置いていったことなんて……」

かすれ声で答えつつ、岳士は気づいていた。焦点の合わない彩夏の目が、自分ではなく、死んだ弟を見ていることに。肉親の死によってぽっかりと空いた胸の穴を、代用品によって埋めようとしているだけだということに。

けれど……、それは俺も同じだ。岳士は奥歯を噛みしめる。

海斗が死んだことから、自分が海斗を殺したという事実から逃げるため、彩夏の誘いに乗ってサファイヤを飲み、そしてその身体に溺れた。

共依存。たしかにその通りなのだろう。お互いがお互いを利用して、心に深く刻み込まれた傷から目を背けようとしているだけだ。けれど……。

岳士は彩夏に一歩近づく。けれど、この人の傷跡を埋められるのは俺だけで、そして俺の苦しみを癒せるのはこの人だけだ。

「もう……一人にしないで……」

表情が消えたままの彩夏の瞳から、一筋の涙が零れる。それとともに、首筋に当てられた包丁が軽く引かれた。皮膚が破れ、うっすらと滲んだ血が、無機質な灰色の刃に広がっていく。

岳士は無造作に右手を伸ばすと、迷うことなく包丁を鷲掴みにする。指の付け根に鋭い痛みが走るが、何故かそれが心地よかった。刃の上で、彩夏と岳士の血が混ざりあっていく。

包丁を強く握ったまま岳士は腕を引くと、引かれて腕の中に飛び込んできた彩夏の体を抱きしめる。落下した包丁が床で跳ねた。

「一人になんかしない。ずっと一緒です」

「……本当に？」

こわばっていた彩夏の体から力が抜けていく。

「ああ、もう絶対に離さない。絶対に」

折れそうなほどに強く彩夏を抱きしめる。彩夏も同じように腕を体に回してきた。どちらからともなく、二人は唇を重ねる。

これまでは彩夏と口づけを交わした際には、沸き立つような欲望を感じていた。特に、サファイヤの効果が強く出ているときは。けれどいまは、包み込まれるような安心感をおぼえていた。

海斗が言ったことは間違っていなかった。この人は壊れている。この人と離れなければ、いつかは破滅がおとずれるだろう。

けれど、それでよかった。同じように自分も壊れてしまっているのだから。

この人と手を取り合って堕《お》ちていこう。どこまでも深く……。

決意を固めたとき、鼻先を焦げ臭いにおいがかすめた。岳士と彩夏は同時にキッチンに視線を向ける。フライパンの上で炭と化した目玉焼きとベーコンから黒い煙が上がっていた。彩夏は小さく悲鳴をあげると、フライパンを流しに放って水道の蛇口をひねる。煙がおさまって安堵の息を吐いた彩夏と視線が絡んだ。二人は同時に吹き出した。

「血、出ているよ」

彩夏は岳士の手を取る。人差し指から薬指の付け根に赤い線が走り、そこからじわじわと血液が滲んでいた。

「彩夏さんも」

岳士は同じような傷が走っている彩夏の首筋に触れる。二人の傷が合わさり、血が混ざり合っていく。その光景は、サファイヤの影響で輝きが増している世界の中、言葉にならないほどに幻想的に映った。二人はもう一度唇を重ね、舌を絡ませる。そのとき、岳士の腰のあたりから安っぽい電子音が流れ出した。

「なんだよ、こんなときに」

彩夏から体を離した岳士は、ジーンズのポケットからスマートフォンを取り出す。液晶画面には「ヒロキさん」と表示されていた。

岳士はその表示を凝視する。錬金術師と直接対峙しようとしているいま、もはやヒロキのボディガードを続ける必要はなかった。ただ、あの男は仕事の報酬をサファイヤで払ってくれる。ヒロキとの関係を切れば、今後サファイヤの入手が難しくなる。

「電話、出ないの？」

彩夏に言われ、岳士は「通話」のアイコンに触れる。不機嫌そうな声が聞こえてきた。

「おい、俺からの連絡はすぐに出ろって言っただろうが！」

「すみません。取り込んでいたもので」

岳士は口元を左手で覆って声を潜《ひそ》めると、彩夏から少し距離を取る。

「なんだ、誰かいるのか？」

「はい、ちょっと……」

「まあいい。仕事だから出てこいよ。最初に会った六本木のクラブの前に一時間後だ」

「いまから？　そんな急に……」

「急に決まったでかい取引なんだよ。いいから来いよ。報酬ならいつもの倍やるから」

「倍……」

それだけあれば、いま部屋に置いてあるものと合わせて、当分はしのげるはずだ。

心が揺れるが、錬金術師まであと一歩と近づいているいま、余計なことに時間を取られるわけにはいかなかった。断ろうと決めたとき、機先を制するかのようにヒロキの声が言った。

「お前さ、錬金術師に興味あるのか？」

不意を突かれ、一瞬言葉に詰まる。

「……なんの話ですか？」

「誤魔化すなよ、この前、やたらと錬金術師のことを聞き出そうとしていただろ」

「べつに聞き出そうとしていたわけじゃ……」

「会えるぞ、錬金術師と」

「はい⁉」

声が跳ね上がる。彩夏が訝《いぶか》しげな視線を向けてきた。

「どういうことですか？」

彩夏に背中を向けて声を潜める。

「今回の取引相手は錬金術師本人だ。なにがあったか知らねえが、いまあるサファイヤの在庫を全部売りたいって言ってきたんだよ」

サファイヤを全部売りたい？　岳士は必死に状況を整理する。

海斗が言ったように、錬金術師も追い詰められている。場合によっては高飛びができるように、手元にあるサファイヤを全部売り払って、資金を用意しようとしているのかもしれない。

錬金術師は、俺がスネークの用心棒になっていると知っているのだろうか？

このマンションを監視していただけなら、スネークとの関係は把握していないのかもしれない。だからこそ、不用意にヒロキと取引をしようとしている。そういうことではないだろうか。

「どうだ、来る気になったか？」

ヒロキに促されつつ、岳士は必死に脳に鞭《むち》を入れる。もし取引の場で錬金術師と対面したらどうなる？　不意を突かれた相手はどんな反応をし、どんな展開になるだろうか？

岳士は思考が絡まる頭を軽く振った。どうなろうが、少なくとも錬金術師の正体を知ることができる。その場にいる全員を叩きのめして、錬金術師を捕まえられるかもしれない。

これはチャンスだ。錬金術師の先手を取る千載一遇のチャンス。逃すわけにはいかない。

「すぐに行きます！」

答えると、「待ってるぞ」と言い残して電話は切れた。

岳士は緊張を息に溶かして吐き出していく。サファイヤで昂《たかぶ》っている全身の細胞に興奮が満ちてきた。岳士は拳を握りしめる。

とうとう決着のときだ。錬金術師の正体を暴いてやる。

「行くって、どこに？」

不安げに、彩夏が声をかけてきた。

「大丈夫、ちょっと仕事に行くだけだよ。すぐに帰ってくるからさ」

胸を張って言うが、彩夏の表情は晴れなかった。

「これが終わったらずっと一緒にいるよ。約束する」

手を取って引き寄せた彩夏に軽く口づけをする。彩夏はためらいがちに頷いた。

彩夏を残して玄関を出た岳士は、非常階段を一段飛ばしで下りていき、駐輪場に停めてあるバイクに跨《また》がる。エンジンをかけると、尻の下から心地よい振動が伝わってきた。

岳士はジャケットのポケットからライダーグローブを取り出すと、両手に嵌《は》めた。

『ずっと一緒ねえ……』

唐突に聞こえてきた声に、バイクを発進させようとしていた岳士は動きを止める。

「海斗⁉」

『なに大きな声だしているんだい？』

「なんで喋れるんだ？ サファイヤを飲んだら眠るんじゃ……」

『いままではそうだったんだけど、なんか、今回は意識をなくしたりはしなかったんだよね。まあ、左手は動かせないけれどさ』

「それって……、お前が範囲を広げていることと関係あるのか？」

水を浴びせ掛けられたかのように、興奮が冷めていく。

『さあ、そんなこと僕にも分からないよ』

「……さっきのことも全部見てたのか？」

『あのお姉さんの部屋に行ってからのことかい？　もちろん。ただ、お前がけじめをつけると思っていたから黙っていたんだよ。まさかあんな、とんでもない展開になるなんて。正直、怖くて声も出なかったよ。あのお姉さんやばすぎだろ』

嫌味ったらしいセリフに口元が引きつる。

『しかも、お前はお前で、「ずっと一緒にいるよ」なんて臭いこと言い出すしさ』

「うるさい！　いまはそんなこと言っている場合じゃないんだよ！」

『ああ、たしかにそんなこと言っている場合じゃないね。錬金術師に会えるかもしれないんだから、まずはこっちに集中しよう』

「……取引に行くことには反対しないのか？」

『反対？　そんなわけないだろ。錬金術師の正体が分かるチャンスなんだぞ』

自分の判断が間違っていなかったと保証され、自信が湧いてくる。

「けれど、正体が分かったって、すぐに冤罪を晴らすことができるわけじゃないよな。その後はどうすればいい？」

『簡単さ。番田《ばんだ》に錬金術師が誰なのか教えればいいんだよ。そうすれば、あの刑事さん、喜び勇んでそいつを逮捕するだろ。そのうえで、僕たちが持っている早川の資料を捜査本部宛に郵送する。そうすれば、早川殺しとサファイヤの関連について調べてくれるはずだ。あとは早川と錬金術師が揉めていたとでも、匿名で情報提供すればいい。逮捕された錬金術師を捜査本部が徹底的に調べてくれるはずだ。最終的に錬金術師が早川を殺した証拠も出てきて、僕たちへの疑いも晴れるってわけだ』

一息で説明した海斗は、『まあ、すべてうまく進めばの話だけどね』と付け加える。

「けれど、それ以外に方法はないんだろ？」

『そうだ。だから、やるしかない。成功を信じてね』

大丈夫だ。きっと成功する。サファイヤの影響のせいか、そう確信することができた。

「よし、行くぞ」

エンジンを大きく吹かすと、岳士は勢いよくバイクを発進させた。

3

夜の喧騒が幻であったかのように人気のない昼下がりの六本木歓楽街に到着した岳士は、バイクを路地へと滑り込ませる。指示された通りにクラブの裏手にやってくると、そこには見覚えのあるＳＵＶが停まっていた。扉が開き、ヒロキと部下の二人が降りてくる。

「よう、来たな。なんだよ、いいバイクじゃねえか」

ヒロキは気さくに手をあげた。

「ここで取引するんですか？」

ヘルメットを脱いだ岳士は辺りを警戒する。

「そんな気張るなって。取引場所はここじゃねえ。移動するから、とりあえず車に乗れよ」

「それなら、バイクでついて行きますよ」

もし錬金術師に逃げられた場合、バイクさえあれば追跡することができる。岳士がヘルメットをかぶり直すと、部下の一人が詰め寄ってきた。

「ぐだぐだ言ってねえで、さっさと乗れよ！」

「大切な愛車を、こんな盗まれやすそうなところに置いていくわけにはいきません」

岳士が一歩前に出ると、男は後ずさった。ヒロキが呆れ顔で頭を掻く。

「揉めるなって何度言えば分かるんだよ、お前たち。分かった、バイクでいいからついてこい。今回の取引にゃ、お前が必要だからな」

「トラブルが起こる可能性が高いってことですか？」

ヒロキは意味ありげな笑みを浮かべると、無言で部下たちとSUVに乗り込んだ。

『なんだよ、なんか気味悪いな』

海斗のつぶやきを聞きながら、岳士は発車したSUVをバイクで追いはじめた。

『どこまで行くつもりなんだよ?』

「さあな」

岳士は前を走るSUVを眺める。六本木を出発して三十分ほど経過し、海沿いの工場地帯を走っていた。横目で標識に視線を送ると、住所は大田区となっていた。

辺りに人気はなく、道路を走る車も少ない。たしかに、違法薬物を取引するには適した場所なのかもしれない。しかし、これまでヒロキは、わざと人目の多い場所で取引していた。違和感が胸騒ぎを引き起こす。

『なんか嫌な感じだね』

SUVが左折し、フェンスに囲まれた敷地へと入っていく。岳士もそのあとに続いた。ところどころ、アスファルトの隙間から雑草が生えている道を進んでいく。道の両側には倉庫らしき建物が並んでいた。そのほとんどが、いまは使われていないのか、外壁の塗装が剥げていたり、高い位置にある窓のガラスが割れていたりしている。

敷地の奥にある小さな建物の前でSUVが停まった。ヒロキたちが降りてくる。

「ここで取引するんですか?」バイクを停めた岳士はヘルメットを脱いだ。

一際寂れた工場だった。入り口のシャッターは錆《さび》で覆いつくされて、茶色く変色している。

「そうだ。行くぞ」

ヒロキたちは工場の脇にある小さな扉を開けて中に入っていく。岳士も警戒しつつ、その後を追った。中に入ると、熱気とすえた油の匂いが纏《まと》わりついてきた。顔をしかめながら、岳士は工場内を観察する。ボンネットの中身がごっそりと抜き取られた廃車が数台置かれている。古びた木製の作業台には、油圧ジャッキや電ノコ、ドライバーなどの工具が散乱していた。

「ここって何なんですか？」

埃っぽい空気に軽く咳き込みながら訊ねると、振り返ったヒロキが唇の端を上げる。

「知り合いがやってた自動車整備工場の跡だよ。もう潰《つぶ》れてかなり経つから汚れているけどよ、人目がねえから色々と便利なんだよ。やばいことするときとかな」

「やばいこと？」

聞き返すと同時に重い音が響く。振り返ると、部下の二人が入り口の扉を閉めていた。

『なんか、良くない雰囲気だね』

「……ここに取引相手が来るんですか？」

軽くあごを引きながら訊ねると、ヒロキは親指で背後を指さした。

「いや、もう来てるよ、お前の相手はな」

「来てる？」

目をこらすと、一台の廃車の後ろに人影が見えた。全身に緊張が走る。

「あれが錬金術師か？」

海斗にだけ聞こえるよう、小声で囁《ささや》いた。

『分からない。とりあえず油断するな』

廃車の陰から、その人物が姿を現した。岳士は目を見張る。

「よう、久しぶりだな」

カズマは、数日前に逮捕されたはずの男は、口角を上げると低く押し殺した声で言う。

「お前が俺をサツに売ったのか？」


絶句したまま立ち尽くす岳士に、カズマはゆっくりと近づいてくる。

「なんだよ、幽霊でも見たような顔しやがって」

「いえ……、逮捕されたはずじゃ……」

「ああ、逮捕されたさ。けど釈放されたんだよ」

「釈放……」

岳士はその言葉をただ繰り返すことしかできなかった。

「うちのチームが良い弁護士雇ってくれたし、なにより俺をパクった刑事が適当な取り調べしかしなかったからな」

「でも、逮捕されたときサファイヤを持っていたのに……」

「あの程度のドラッグを持っていただけじゃ、大した罪にはならねえ。検察もそのくらいでずっと勾留《こうりゅう》して取り調べるほど暇じゃねえんだよ。しかも、あの刑事は逮捕するとき、俺をいきなりぶん投げて怪我をさせやがった。そのことを割り引いて不起訴処分になったらしいな。ありがとうよ、全部お前のおかげだ」

カズマは岳士と肩を組む。

「俺のおかげって……？」

「さすがにドラッグを売りさばいていたってばれたら、この程度じゃ済まなかった。けれど俺が逮捕されたとき、証拠をお前が持っていってくれた。なにか分かるだろ？」

促された岳士は、ジーンズのポケットからカズマのスマートフォンを取り出した。カズマはひったくるようにそれを手に取る。

「そう、これだよこれ。これを持ったまま逮捕されていたりしたら、マジでヤバかった」

「それは……、良かったです」

思考がまとまらないまま、岳士は声を絞り出した。

「ただな、ちょっと不思議なことがあるんだよ」

カズマの声が低くなる。

「あの刑事な、俺を逮捕したくせに、ほとんど取り調べもしなかった。それに、俺がサファイヤを受け取った絶妙のタイミングで職質かけてきやがった。まるで、全部知っていたみたいにな」

『やばいぞ、これは……』

海斗の口調に焦りが滲む。

「それに、いま思えば、あっさりとお前にこのスマホを渡せたのもおかしい。留置所に閉じ込められている間、ずっとそのことを考えていたんだ」

「なにが言いたいんですか？」口の中がカラカラに乾燥して、声がひび割れる。

「なにが？　そうだな……」

一瞬、視線を彷徨《さまよ》わせたあとカズマは岳士の肩にまわしていた腕をぐいっと引き寄せる。前のめりになった瞬間、鳩尾《みぞおち》に重い衝撃が突き抜けた。不意打ちで膝蹴りを食らった岳士は、体をくの字に曲げる。開いた口から零れた唾液が、埃の積もった床に落ちた。

「さっきの質問だよ。お前が俺を売ったのか？」

カズマは薙《な》ぎ払うような下段蹴りを繰り出してくる。両足を払われ、岳士はその場にもんどりをうった。

「なんの……ことですか……」

倒れて腹を押さえたまま、岳士はカズマを見上げる。

「お前、あの刑事とグルだろ。違うか？」

「違います……、そんなことするわけ……」

必死に釈明しようとする岳士の脇腹に、カズマは爪先をめり込ませる。息が詰まり、胃の内容物が食道を駆け上がってきた。顔を紅潮させたカズマは、続けざまに蹴りを叩き込んでくる。岳士は体を丸くして、蹴りの雨に耐えることしかできなかった。

「そのくらいにしておけって」

少し離れた位置で見ていたヒロキの声で、ようやく攻撃が止む。歩み寄ってきたヒロキは両膝を曲げ、倒れている岳士の顔を覗き込んできた。

「俺もな、昨日釈放されたカズマからこの話を聞いて、ちょっと気になったことがあったんだよ。お前、やけに錬金術師のこと知りたがっていたよな。今日も、錬金術師と取引だって言うと、簡単にやってきやがった。お前さ、スパイだろ。錬金術師の正体をサツにチクって、サファイヤの流通ルートを潰すつもりだったんだろ？」

完全にバレている。絶望が心を黒く染めていく。

「なんとか言えよ、おい。しかし、まんまと誘い出されてくれたな。錬金術師の正体は極秘中の極秘でな、知っているのはうちのボスと、その側近の二、三人ぐらいなんだよ。大幹部のこの俺ですら、教えてもらっていねえんだ」

ヒロキが顔を近づけてくる。

『完全にやられたね。岳士……、これからどうするか、分かっているな？』

「……分かってる」

岳士は小声で答える。やるしかない。

「分かってる？　何が分かってるっていうんだよ？」

聞き返してきたヒロキの顔面に、岳士は力いっぱい拳を打ち込んだ。倒れたままのパンチだったためそれほどの威力はないが、鼻っ柱を殴られたヒロキは、バランスを崩してカズマの足元に倒れこむ。その隙になんとか立ち上がった岳士は、素早くファイティングポーズをとった。

両拳を胸の高さまで上げながら、岳士は自らの身体と会話をする。最初に食らった膝蹴りのダメージはかなり回復してきている。その後に蹴りを浴びたときは、体を丸くして急所を守っていた。全身に痛みが走っているが、戦うことに大きな問題はない。

「最初に会ったとき以来だな」

口角を上げたカズマは、半身に構えて軽くステップを踏みはじめた。

岳士は上体を左右に振りながら、飛び込むタイミングを計る。相手は蹴りが主体の空手使いだ。一気に間合いを潰して、有利な距離に持ち込んでやる。

いまだ！　地面を蹴ろうとした瞬間、背後から伸びてきた四本の手が両腕に絡みついた。

「なっ⁉」

振り返ると、扉の前にいたはずのヒロキの部下二人が、腕を摑んでいた。

「クラブでやられたお返しだよ」

男の一人が笑い声をあげると同時に、カズマが懐に飛び込んできた。岳士は右のショートアッパーで迎撃しようとする。しかし、男に摑まれている状態では、素早いパンチが繰り出せるはずもなかった。

カズマは悠々と振りかぶると、岳士のあごを掌底《しょうてい》で跳ね上げる。脳が揺らされ、足から力が抜けた。岳士はその場で膝から崩れ落ちる。

「……卑怯だ」

跪いた状態で、岳士はカズマを見上げた。

「卑怯？　スパイの癖に笑わせんなよ」

カズマは岳士の髪を鷲掴みにして引きつける。勢いよく迫ってくる膝頭を、岳士はただ眺めることしかできなかった。火花が散ったように視界が明るくなり、そしてすぐにブラックアウトする。全身の感覚が消え去った。

「さて、これで当分は動けませんよ。で、こいつどうします？」

遠くからかすかに声が聞こえてくる。おそらくはカズマの声。

「決まってんだろ！　ここでバラシて、魚の餌にするんだよ」

鼻をやられたせいか、妙にくぐもったヒロキの声が降ってくる。

「マジで殺《や》っちまうんですか？」

「当たり前だろ。こいつ、俺を殴りやがったんだぞ。ここなら道具もあるし、何やったって見つからねえ。なんだよ、カズマ。てめえ、ビビってるのか」

「いえ、別に。俺をサツに売った奴ですからね。殺るならさっさと殺っちまいましょう」

二人の物騒なやり取りを聞きながら、岳士は戸惑っていた。これまで、ボクシングで何度かノックアウトされたことはある。その際は、意識が朦朧《もうろう》とし、なにもまともに考えられなかった。しかしいまは、思考ははっきりとしているにもかかわらず、体だけが全く動かない。

まるで、意識が体の奥底に閉じ込められてしまったかのように。

混乱していると、かすかに歪《ゆが》む視界の中で左手がピクリと動いた。しかし、その動きは岳士が意図して行っているものではなかった。

左手はカズマたちに気づかれないようにか、虫が這うように緩慢な動きで、辺りの床に散らばっている砂を少しずつ掻き集めていった。

「で、誰が殺りますか？」

淡々としたカズマの声が聞こえてくる中、左手は掻き集めた砂をつかむ。

「俺が殺るにきまってんだろ！　畜生、鼻血が止まらねえ。おい、お前ら、なんか適当なものもってこい。こいつの頭をつぶせるようなやつを」

鼻からの血が口腔内に流れ込んでいるのか、ヒロキの声はさっきよりもくぐもっていた。取り巻きたちが慌てて走っていく足音が聞こえる。

「これでいいっスか、ヒロキさん？」

部下の一人の声がする。

「ああ、ちょうどいい。邪魔だからお前ら離れてろ」

ヒロキが何かを持ち上げる気配がした。

動け！　動かないと殺される！　岳士が地面を転がって逃げようとしたとき、唐突に四肢が地面を力いっぱい押した。勢いよく跳ね起きた岳士の身体は、両手持ちのハンマーを振り上げた状態で硬直しているヒロキと対峙する。

自分の意思とはまったく関係なく全身が動いている。そのことに戦慄していると、身体が無造作に右手を振る。

固めた右拳が、立ち尽くしているヒロキの頬にめり込んだ。お世辞にも鋭いとはいえない力任せのパンチ。しかし、ミドル級のボクサーの身体から放たれたその威力は、小柄なヒロキには十分だった。鼻血をまき散らしながら、ヒロキの身体が吹き飛ばされていく。その光景を岳士はただ、認識することしかできなかった。

「ヒロキさん⁉」

カズマと部下の二人が走り寄ってくる。

やばい、部下たちはともかく、いまの状態でカズマと戦うのは無理だ。何が起きているのかうすうす理解しはじめた岳士が焦っていると、身体が勢いよく左手を振った。その手に握りこまれていた細かい砂が霧状にまき散らされる。カズマたちは目を押さえて足を止めた。

『逃げろ！』

岳士は叫ぶ。口ではなく意識の中で。

「分かってる！」

岳士の身体は、目元を押さえたままのカズマに向かって思いっきり体当たりをした。不意を突かれたカズマは大きく吹き飛ばされて床に倒れこんだ。

『いまだ！』

発声はされない岳士の言葉を合図に、身体は素早く踵《きびす》を返すと工場の出口に向かって走りはじめる。工場から飛び出た身体は、そのまま停めてあったバイクに飛び乗り、キーを回してエンジンをかけた。

「これ、たしかこっちを捻《ひね》るんだよな？」

岳士ではない者が動かしている身体が、焦り声で言う。

『そうだ、それでいいから急げ！』

岳士が早口で声をかけると同時に、ヒロキの部下の二人が工場から走り出してきた。男の一人がとびかかってきたと同時に、岳士の身体が思い切りアクセルをまわした。バイクが急加速し、摑みかかってきた男の手が虚空を搔いた。

「うわ、バイクの運転って思ったより難しいね」

首をすくめる身体が、やや震えた声で言う。バイクは敷地を出て、車道を走っていく。

岳士は横に流れていく景色を眺めつつ、ゆっくりと言った。

『けど、風が気持ちいいだろ。……海斗』

4

『どういうことなんだよ？』

相変わらず、発声はされない声で岳士が訊ねた。目の前の鏡には自分の顔が映っている。工場から脱出した岳士の身体は、そのままバイクを飛ばして近くのターミナル駅へと向かい、そこに併設されている百貨店の多目的トイレに避難していた。

「僕にも分からないよ。ただ、お前がノックアウトされた瞬間に、全身を動かすことができるようになったんだ。この前みたいにね」

『この前とは違うだろ！　あのときは、俺が意識を失って、その間だけお前は身体を動かすことができてた。けれど、いまは意識があるのに、お前が身体を支配している！　まるで……』

まるで、お互いの立場が入れ替わったみたいに。そこまで考えたところで、恐怖で心が黒く染まる。もしかしたら、ずっとこのままなのではないか？　このまま海斗に体を乗っ取られ……。

「そんなこと僕に言われても分からないよ」

不満げな海斗の声で、岳士の思考は遮られる。鏡の中で自分と同じ顔の男がしゃべっているのを見ると、海斗が生き返ったような気がして混乱してくる。

「今回はお前が気絶したんじゃなくて、脳震盪《のうしんとう》で動けなくなったから特別なんじゃないかな？　けれど、そろそろかもね」

『そろそろ？』

「気付かないのかい？　右手の『支配権』が戻ってきているよ」

岳士は『え？』とつぶやくと、意識を右手に集中させる。自分の意思どおりに右手を握りこむことができた。

「いまは右手の前腕ぐらいまでだけど、さっきからじわじわとお前の『支配領域』が回復しているよ。そのうち元の状態に戻るさ。ただ、こんな状態になった根本的な原因は、きっと脳震盪じゃないよ。分かってるだろ？」

鏡の中から海斗がまっすぐに見つめてくる。できれば目を逸《そ》らしたかったが、あいにく頭部の『支配権』は海斗に握られているので、それもできなかった。

『……サファイヤだ』

「そう、きっとサファイヤのせいだ。分かったら……」

『その話は何度も聞いた。いまはそれより話さないといけないことがあるだろ』

「たしかにね……」

不満げながら、海斗はうなずいた。

『スネークの連中に俺たちがスパイだったって気づかれた。あいつらさっき、本気で俺のこと殺そうとしていたぞ』

「僕たちが持っている情報を全部警察に知られたら、あいつらはおしまいだからね。そりゃ、死に物狂いで口封じにくるさ。これで警察と錬金術師だけじゃなく、スネークにまで狙われることになったのか。なかなか人気者だね、僕たちは」

『冗談言っている場合かよ！』

岳士は『支配権』が戻りつつある右手を振る。

『これからどうするんだよ？　とりあえず、川崎のマンションに戻るか？』

「それはやめておいた方がいいんじゃないかな。あそこは錬金術師に監視されているし、最悪、スネークの奴らもいるかもしれないよ」

『なんでスネークが？　錬金術師が奴らに情報を漏らすわけはないだろ。俺が捕まって、サファイヤのレシピがスネークに奪われたら、錬金術師にとっても困るんだから』

「錬金術師から漏れることはないだろうけど、スネークの連中が僕たちを尾行していた可能性はある。これまで、奴らに対しては少し警戒が甘かった気がするんだよね」

あまりにも絶望的な予想に、岳士は言葉を失う。その間も岳士の『支配領域』はじわじわと回復し、右肩辺りまでの感覚が戻ってきていた。

「可能性は低いけど、リスクを冒《おか》すわけにはいかない。錬金術師と違って、スネークはがむしゃらに僕たちの口を封じに来ているんだからね」

もうマンションにも戻れない、彩夏が待つマンションに……。

『彩夏さんに連絡を……』

「なに言ってんだ！」

海斗の鋭い声が飛ぶ。

「いまさらあのお姉さんに連絡してどうするんだよ。命を狙われてるからそこには戻れませんとでも言うつもりか？　よくてサファイヤが原因の妄想だと思われるし、最悪警察に相談されるぞ。前にも言っただろ。今回の件が解決するまで、あのお姉さんのことは忘れろよ」

『……分かった』

「ったく、悠長だね。周りは敵だらけなんだ。この上なく追い詰められているんだぞ」

その通りだ。錬金術師の正体を暴きに行くつもりが、警察のスパイだとばれてしまった。

右手の指先が細かく震えだす。その震えは手、前腕、そして二の腕へと這い上がってきて、岳士の『支配領域』全体へと広がっていった。

「おいおい、落ち着きなよ。追い詰められてはいるけど、まだなんとかなるはずだって」

海斗は震える右手を左手で撫でる。しかし、その震えは恐怖からくるものではなかった。

サファイヤへの渇き。追い詰められた焦りが呼び水となり、あの蒼く煌《きら》めく液体への欲求に岳士の思考は埋め尽くされていた。

ポケットの奥には、予備に仕込んでおいたサファイヤの容器が数本入っている。それを飲みたい。いますぐに飲み干したい。しかし、頭部の『支配権』が海斗にある限り、たとえサファイヤを口の中に放り込んでも吐き出されてしまうだろう。

早く頭まで『支配権』が戻ってくれ！　岳士は炎で身を炙られるような苦痛に悶《もだ》える。

「けれど、あの刑事さん、適当な仕事をしてくれたね。まさか、カズマが釈放されるなんて」

『ああ、文句を言ってやらないとな。ここで電話するか？』

サファイヤへの渇望に気付かれないよう、岳士は軽い口調で言う。しかし、右手の震えは止まるどころか、大きくなっていった。海斗の目が訝しげに細められる。岳士はごまかそうと、右手を動かしポケットからスマートフォンを取り出した。その瞬間、海斗の目が大きくなる。

「貸せ！」

左手でスマートフォンを奪い取ると、慌てた様子で電源を切る。

『ど、どうしたんだよ、そんなに焦って？』

「スマホから、僕たちの居場所がスネークにばれるかもしれないだろ！」

『いや、警察じゃあるまいし、そんなことできるわけ……』

岳士が口ごもると、海斗は顔をぐいっと鏡へと近づけた。海斗と至近距離で見つめ合っているような錯覚に襲われる。

「あいつらは本気で僕たちを殺そうとしているんだぞ。万が一のリスクも冒せないんだよ」

『わ、悪い……』

岳士は弱々しく謝罪することしかできなかった。

サファイヤへの欲求がさらに大きく膨れ上がってくる。右の掌に脂汗が滲みだした。

『支配権』は首筋辺りまで戻ってきている。

あと少し、あと少しで頭部の『支配権』が戻る。そうすればサファイヤを……。

「けれど、連絡をするっていうのは悪くないかもね」

海斗は左手で鼻の頭を掻いた。岳士は、『え？』と声をあげる。

「だから、番田刑事だよ。あの人と連絡を取るのも一つの方法かなと思ってね」

『会って文句を言うのか？』

「そんな意味ないことするわけないだろ。あの人に全部教えるのさ、スネークと、そして錬金術師の情報をね」

『錬金術師⁉』

声が大きくなる。

『俺たちで錬金術師を誘い出して、正体を暴くんだろ？』

「状況が変わったんだ。まずは、スネークの動きを止めないと。そのためにも、これまで僕たちが見てきたことを全部あの刑事さんに伝えよう。もう僕たちは錬金術師につながる十分な情報を持っている。きっと警察は錬金術師を追って、逮捕できるはずだ」

『それでいいのか？　警察だってすぐに捜査ができるわけじゃないだろ。それに警察の動きを察知した錬金術師が身を隠すかも。最悪、高飛びも……』

「分かってるよ」

海斗は大きくかぶりを振った。

「もちろん分かってる。だからこれまで、ずっと僕たちだけで調べてきたんだ。けど、もうそんなこと言ってる場合じゃない。スネークだけでも警察の力を使って壊滅させないと」

本当にこれが正しい選択なのだろうか？　ずっと従ってきた海斗の意見だというのに、なぜかこれまでのように信用することができなかった。

不安が精神を腐らせていく。このままでは壊れてしまう、自分が自分でなくなってしまう。

頭部に『支配領域』が広がってくる。岳士は鏡の中に映る男の顔に意識を集中させた。

この男は、俺なのか？　それとも海斗なのか？　サファイヤを飲まないと呑み込まれてしまう。自分という存在が消え去ってしまう。そんな予感が細胞をざわつかせる。

「あの刑事さんに連絡して、スネークと錬金術師について知っていることを全部教える。それでいいね」

海斗が言う。岳士は無言で鏡の中の男を睨み続けた。頭部の『支配権』が戻った。

「……分かった。あいつに連絡を取ろう」

岳士は押し殺した声で言った。

「……かなり、お前の範囲が広がったな」

百貨店を出た岳士は、駅近くの路地にある電話ボックスの中にいた。照り付ける太陽によって、密閉された空間の中はサウナのように熱がこもっていた。全身の汗腺から脂っこい汗が染みだしてくる。

できればスマートフォンを使いたかったのだが、海斗が強く反対したので、炎天下を二十分近く歩き回ってようやく、過去の遺物と化しつつある公衆電話を見つけた。

そういえば、彩夏とはじめて六本木のクラブに行った翌日、同じように炎天下の電話ボックスに入ったっけ。そのあと、サファイヤの売買にかかわり、そして番田に捕まってスパイになり、そして彩夏と……。

わずか数週間前の出来事のはずなのに、はるか昔のことのような気がする。ノスタルジックな気分に浸っていた岳士は、淡々とした海斗のセリフで我に返る。

『なんか、入れ替わるたびに、少しずつ僕の「支配領域」が広がっているみたいだね』

呼吸が乱れてくる。ニュートラルな状態で、すでに左の首筋辺りまで海斗の『支配領域』となっている。その範囲は腕だけではなく、胸元や側腹部にまで及んでいた。

このまま『支配領域』を失っていったら、この体が乗っ取られてしまうかもしれない。

その前に、サファイヤを飲んで海斗を押し返さないと。額の汗をぬぐった岳士は、その手を下ろしてポケットの生地のうえからサファイヤの容器を確認する。

海斗が言うように、サファイヤの効果が切れるたびに『支配領域』を失っていくのかもしれない。なら、効果が切れないように飲み続ければいい。

それがどれだけ馬鹿げたことか理解はしていた。本当なら、海斗の指示通りにもう二度とサファイヤに手を出さないのが正しい。けれど、本能がそれを許さなかった。

もうサファイヤをやめられるはずがない。底なし沼に頭の先まで浸かってしまったのだ。

あとはただひたすらに深く潜《もぐ》っていくことしかできない。

『どうしたんだよ。早く電話かけないと、熱中症になっちまうぞ』

海斗に声をかけられた岳士は「ああ」と返事をすると、ポケットから手を放す。いまサファイヤを取り出しても、『支配領域』を広げている海斗に邪魔をされる。隙をつかなくては。

岳士がゆっくりと受話器を取ると、海斗が前もって手にしていた百円玉を投入口に入れ、番号を素早くプッシュしていく。受話器からコール音が聞こえてきた。

「あの刑事の電話番号、覚えていたのかよ?」

『まあ、なにかのときのためにね。それより集中しなって』

海斗が言うと同時に、コール音が途絶えて回線がつながる。

「誰だ？」

不機嫌そうな声が聞こえてきた。

「どうも、亮也《りょうや》です……」

岳士はいつも名乗っていた偽名を使うが、番田はなにも答えなかった。

「あの、分かりますか？　スネークをスパイしていた関口《せきぐち》亮也ですけど」

「ああ、分かるよ。……なんの用だ」

「なんの用だじゃありませんよ！　カズマが釈放されたんです。どういうことですか⁉」

「……カズマ？」

訝しげに番田はつぶやく。

「俺をスネークの内部に潜入させるため、あなたが逮捕したサファイヤの売人ですよ」

「ああ、あいつか。あの男、釈放されたのか」

他人事のようなセリフに、頭に血が上る。

「ふざけないでください！　そのせいで、俺がスパイだってバレて殺されかけたんですよ」

「バレた？」

「そうですよ。全部あなたのせいだ！」

怒鳴り声を上げた岳士が息を乱すと、海斗が『責任を取ってもらうって言うんだ』と囁いてきた。一瞬、左手に視線を送ったあと、岳士は口を開く。

「この責任は取ってもらいますからね」

「責任を取ってもらう？　どういう意味だよ？」

脅しつけるかのような番田の声を聞きながら、岳士は受話器を顔から離し、小声で「なんて言えばいいんだよ？」と海斗に訊ねた。

『いまから僕の言うとおり番田に伝えるんだ。いいね』

岳士は頷きながら、再び受話器を顔の横に当て、海斗の言葉をそのまま口に出していく。

「これまでにスネークとサファイヤについて調べたことを全部伝えます。あなたに隠していたことも合わせて」

「……てめえ、俺に隠していた情報があるのか？」

番田の声が怒気を孕《はら》んだ。

「当然じゃないですか。別にあなたと俺はお友達ってわけじゃない。下手に情報を流してあなたが先走った動きをしたりしたら、俺の身が危なくなるかもしれない」

「はっ、そんなに気をつけていたのに結局バレちまうとは、間抜けな奴だな」

「誰のせいだと思っているんですか。なんにしろ、もう情報を隠しておくメリットはなくなった。だから全部話してスネークを潰滅させたいんですよ。悪い話じゃないでしょ」

すぐには返事がなかった。受話器の向こうから考え込むような気配が伝わってくる。左手が動いて、投入口に百円玉をもう一枚放り込む。暑さのせいか、それとも緊張のせいか、額から汗が止《と》め処《ど》なく滴《したた》り、あご先へと伝って、コンクリートの床へ落下していく。

たっぷり一分は黙り込んだあと、番田の声が聞こえてきた。

「……たしかに悪い話じゃねえな。それで、お前はなにを知っているんだ？」

「スネークがまとめてドラッグを売っている大口の相手。その取引方法。そしてなによりサファイヤの供給源、通称『錬金術師』がドラッグを作っていた場所を見つけました」

「なっ⁉　本当か？」

番田の声が跳ね上がる。

「本当です。ただし、錬金術師はすでにそこを引き払っています。けれど、警察なら遺留品やら監視カメラの映像やらを調べて、錬金術師を追うことが出来るんじゃないですか？」

「ああ、おそらく可能だろうな」

「なら、いまから全部教えますから、絶対に錬金術師を見つけ出して、スネークもろとも逮捕してください。メモの用意はいいですか？　まずは……」

「ちょっと待て！」

番田に遮られる。岳士は警戒しつつ「なんですか?」と訊ねた。

「電話でするような話じゃねえだろ。顔を合わせて詳しく話を聞きたい」

「どうして? べつに電話で構わないじゃないですか?」

「……電話越しじゃ、お前が本当のことを言っているのか、それとも俺を騙《だま》そうとしているのか判断できねえ。けれど、顔を合わせればそれができる。刑事の勘ってやつでな」

「なんで俺があなたを騙さないといけないんですか?」

岳士は苛立ちを受話器にぶつける。

「げんに、いままで情報を隠していただろ。俺とお前は『お友達』ってわけじゃねえ。ついさっき、お前自身が言ったことだ。お前、追い詰められているんだろ。交渉できる立場かよ」

一本取られた岳士は、唇をゆがめて左手を見る。

『仕方がないね。言われた通りにしよう。たしかに僕たちは交渉できる立場じゃない』

海斗の言葉を聞いた岳士は、舌を鳴らすと、「どこに行けばいいんですか?」と訊ねる。

「そうだな、それじゃあ二時間後に港区の……」

勝ち誇るような番田の口調が神経を逆なでした。

『さて、それじゃあどこか隠れる場所を見つけて、少し時間を潰してから待ち合わせ場所に向かおうか。あの辺りはスネークのテリトリー内だから、あんまりうろうろしたくないしさ』

番田が指定してきた場所は、西麻布の路地にある廃ビルの地下倉庫だった。カズマの下でサファイヤを売っていたときに、そのあたりは走り回っていたので、場所の見当は付く。

岳士はサウナのような電話ボックスから出ると、右手で額を拭う。粘度の高い汗が手の甲から前腕にかけてべったりとついた。外はボックス内に比べれば、気温も湿度もはるかに低い。それにもかかわらず、全身から噴き出してくる汗は引くどころか、さらに量を増やしていた。全力疾走したあとのように呼吸が乱れ、痛みをおぼえるほどに心臓の鼓動が加速している。胃の辺りに焼けるようなむかつきをおぼえた岳士は顔を背けると、体を折り曲げてえずいた。

喉の奥から込み上げてきたべとついた液体が、糸を引きながらアスファルトへと落ちていく。

『大丈夫か？　軽い熱中症にでもなったのかもな。早く涼しいところに避難しようよ』

海斗が心配そうに言う。しかし、岳士には分かっていた。熱中症などが原因ではないということが。番田とあんな重要な話をしている間も、ずっと集中できずにいた。思考の大部分が侵されていた。妖しい蒼色に輝く液体に。

サファイヤが飲みたい。いますぐにサファイヤを飲まないと死んでしまうかもしれない。そんな本能的な恐怖に支配されていた。岳士は右手をズボンのポケットに入れると、サファイヤの容器を取り出す。西に傾きつつある陽光が、蒼い液体にキラキラと乱反射した。岳士は指先で容器を開ける。

『おい、ちょっと待て!』

海斗が容器を奪おうとするが、岳士は左手が届かない位置まで右手を高く上げる。

『なんでサファイヤを飲もうとしているんだよ。いま、そんなことする必要なんてないだろ』

「お前のせいだ!」

岳士は左手を睨みつけた。海斗は『僕のせい?』と戸惑ったような声を上げる。

「そうだ。お前はどんどん範囲を広げてきているだろ。怖いんだよ。このままじゃお前に体を乗っ取られるんじゃないかって。だから、これを飲んでお前を押し戻すんだ!」

『なに支離滅裂なこと言っているんだよ。こうやって僕の「支配領域」が広がりはじめた原因がそのクスリだろ。たしかにそれを飲めば、一時的に僕は「支配領域」を失うけれど、効果が切れたときには逆に僕の範囲がさらに広がっているぞ』

「なら、効果が切れないようにすればいい! ずっとサファイヤを飲み続ければいいんだ!」

唾を飛ばして叫ぶと、海斗が絶句する気配が伝わってくる。岳士はその隙に、容器を口に当てようとした。しかし、蒼い液体を口に流し込む前に、左手が右手首を鷲掴みにする。痛みを感じるほどに強く。

『……お前、本気でそんなことできると思っているのか？』

「ああ、できるさ！　ただサファイヤを飲み続ければいいだけなんだからな」

『ポケットに何本隠し持っているか知らないけど、そんな使い方をしたらすぐになくなるだろ。しかも、もうスネークからサファイヤを貰うこともできない。どうするつもりなんだよ？』

「マンションにはまだ十分なサファイヤが残ってる！　それを取りに行けばいい！」

『さっき言っただろ、危険だからマンションには戻れないって』

「お前に体を乗っ取られるぐらいなら、それくらいのリスクは冒す！　離せ！」

怒声を上げたとき、若い女性が路地に入ってきた。左手で右手首を掴みながら、大声を上げる岳士を見て、彼女は怯えた表情で踵を返して路地から出て行った。

『……なるほどね』

海斗がやけに冷めた口調でつぶやいた。

『ようやく分かったよ。体を乗っ取られるとか言っているのは、自分への言い訳だね。本当はたんにサファイヤが欲しいだけだってことを、サファイヤがなくちゃ生きていけなくなっていることを認められないから』

反論できない岳士に向かって、海斗はゆっくりと告げた。これまで、必死に目を逸らし続けていた事実を。

『岳士、お前はもう完全に「サファイヤの奴隷」だよ』

目を血走らせ、口の端から涎《よだれ》を垂らしながらサファイヤを欲し続けた者たちの醜い姿が脳裏をよぎる。そして、笑顔でビルの屋上から身を投げた少女の姿も。

なぜか、背中に負っていた重みが消えたような気がした。

「ああ、そうだな」

岳士は穏やかに微笑んだ。

「たしかに俺は『サファイヤの奴隷』だ。もうサファイヤがないと生きていけないんだ」

『そんなことない。まだ何とかなるはずだ。これからサファイヤをやめれば、きっと』

サファイヤをやめれば、か……。岳士は忍び笑いを漏らした。海斗の言うとおりだ。サファイヤを飲まないでいられれば、また元の状態に戻ることができるのかもしれない。

「海斗、ありがとうな」

『分かってくれたかい。それじゃあ……』

海斗が嬉しそうに言った瞬間、岳士は左手首に思いっきり嚙みついた。

犬歯が肉を破る感触をおぼえ、口腔内に鉄の味が広がる。しかし、痛みは感じなかった。そこは海斗の『領域』だから。

海斗の『つっ⁉』という悲鳴とともに、左手の力が緩んだ。その隙に岳士は容器の腹を押して、サファイヤを口の中に流し込む。人工的な甘みのある液体を飲み下すと、数秒のタイムラグをおいて全身の細胞が淡く輝きだした。滲み出していた脂汗も一気に引いていく。

『なんてことを……』

悔しそうな海斗のつぶやきとともに、左半身の『支配権』が一気に岳士に戻ってきた。

「悪いな、海斗。サファイヤをやめるなんて、俺には無理なんだよ」

俺は『サファイヤの奴隷』なのだ。それを認めて生きていこう。

この先に未来なんてないのかもしれない。けれど、それでもかまわなかった。

きっと、あの子もこんな気持ちだったんだろう。屋上から身を投げる瞬間、セーラー服姿の少女が微笑んだ理由がいまはよく理解できた。

幸せに包まれたまま人生を終える。それは素晴らしいことに違いない。

サファイヤを使いながら、残された少ない時間をあの人と過ごそう。愛しいあの人と……。

目を閉じると、嫋《たお》やかな曲線を描く彩夏の裸体が瞼《まぶた》の裏に映しだされた。できることなら、このままマンションに帰って、融け合うように彼女と一つになりたい。けれど、海斗の言う通り、マンションはスネークの連中に見張られている可能性がある。

まずはスネークを潰滅させ、さらに錬金術師の正体を暴いて、殺人犯としての冤罪を晴らす。

「大丈夫だって。ちゃんと番田に会って、全部話すからさ」

機嫌を取るように話しかけるが、海斗は答えなかった。

左手の指先の感覚がわずかに鈍くなっている。ほんのかすかにだが、海斗の『支配領域』が残っている。ということは、海斗は起きているはずだ。怒りで会話を拒否しているのだろう。

仕方がない。一人でゆっくりとサファイヤの快楽を堪能させて貰おう。

岳士は空を仰ぐと、肺いっぱいに空気を吸い込んだ。

5

エンジンを切ってバイクを降りた岳士は、フルフェイスヘルメットを脱ぐ。時刻は午後六時を回っている。西に傾いた太陽が、細い路地を赤く照らしていた。

岳士は長く伸びた自分の影を眺めながら足を踏み出す。すぐそばにある廃ビルの地下、そこが番田との待ち合わせ場所だった。

この西麻布の周辺には、高級住宅地や隠れ家的な雰囲気のバーが並んでいるが、雑居ビルが立ち並ぶこの一角だけは切り捨てられたかのように寂れていた。岳士は目的のビルを見つけ、そのわきにある錆の目立つ外階段へと向かう。ミシミシと不吉な音を立てる階段を下りると、そこに地下倉庫の入り口があった。こここそが、番田に指定された場所だった。

「それじゃあ、行くぞ」

左手に声をかけるが、返事はなかった。サファイヤを飲んでから二時間近くが経ち、その効果はかなり薄くなっている。恍惚感は消え去り、海斗の『支配領域』も左手首くらいまで戻ってきていた。

あと一時間もすれば、禁断症状が少しずつ出てくるはずだ。ポケットに残っているサファイヤは数本。このままでは、二、三日で尽きてしまう。

リスクを冒してでもマンションに戻ってサファイヤを補充するか。それよりも彩夏に頼んで持ってきてもらった方が安全だろうか。けれど、彼女をこのトラブルに巻き込むわけには……。

悩んでいた岳士は、大きく頭を振る。いまはそんな場合じゃない。番田と交渉して、どうにかスネークを潰してもらわねば。

「海斗、あの刑事と話している間、アドバイスがあれば言ってくれよ」

再び話しかけるが、やはり海斗は何も言わなかった。完全にへそを曲げているようだ。

岳士は肩をすくめると、鉄製の引き戸を開けて中に入る。

埃臭い倉庫だった。おそらくはこのビルに入っていた飲食店で使っていたであろうテーブルセットや食器棚、ソファーなどが乱雑に詰め込まれている。低い天井からぶら下げられた裸電球が安っぽいオレンジ色に光っていた。

「よう」

奥へと進んでいた岳士は、声を掛けられた瞬間、ファイティングポーズを取る。

「そんなに警戒するなって。俺だよ」

声が聞こえてきた方向を見ると、巨大な食器棚の陰で番田がソファーに腰掛けていた。古ぼけたローテーブルに、ウイスキーの瓶とグラスが置かれている。

「飲んでいたんですか？　これから大切な話をするのに」

岳士が近づいていくと、番田はグラスに残っていたウイスキーをあおった。

「安心しろって、これくらいじゃ酔ったりしねえよ。とりあえず、こっち来て座れって」

手招きされた岳士は、番田に近づくと、隣の椅子に腰掛けた。

「それで、スネークの話なんですけど……」

番田は突然目の前に空のグラスを差し出した。岳士は「なんですか？」とそれを受けとる。

「焦るなって。長い話になるだろ。とりあえず、一杯やって舌に油をさしてからにしろよ」

番田はウイスキーの瓶を手に取ると、岳士のグラスに注いだ。

「いまは酒を飲んでる場合じゃ……」

「俺の酒が飲めねえような奴とは、話すことなんかねえな」

番田は分厚い唇の端を上げた。岳士はしかたなくグラスに口をつけると、琥珀《こはく》色の液体を含む。土の匂いが一気に口腔内に広がり、思わず咳き込んでしまう。

「スコッチはきつかったか。やっぱりガキだな」

嘲笑するような響きにカチンときた岳士は、咳がおさまるのを待つと、グラスの中身を一気に喉に流し込んだ。食道が焼けるように熱くなり、泥を呑み込んだかのように濃い匂いが鼻の奥をつく。反射的に吐き出しそうになるのを必死に耐えて呑み下した岳士は、大きな音を立てて空になったグラスをテーブルに置いた。

「おお、やるじゃねえか。それじゃあ、話を聞くとするか」

にやりと笑う番田を前に、岳士は右手の甲で口を拭った。

「まず、スネークでサファイヤの取引を仕切っているのは……」

「なるほどな。大学構内のプレハブ小屋か。そりゃあ盲点だった。大学ってやつは、なかなか警察が手出ししにくいんだ。よく考えてやがる」

グラスを揺らしながら、番田がつぶやく。

岳士は一時間以上かけて、スネークと錬金術師について、これまでに集めた情報を番田に伝えていた。そのあいだ、番田はウイスキーを舐めることもせず、真剣な表情で耳を傾けた。

「これで錬金術師の正体を暴けますか⁉ 逮捕することはできますか⁉」

「そう興奮するなって。言っただろ、大学ってやつは厄介だって」

「けれど、錬金術師は間違いなく、そこでサファイヤを作っていたんです！ あそこさえ調べれば、きっと錬金術師の正体にたどり着けるはずなんです！」

「たしかに鑑識がしっかり調べれば、錬金術師に繋がる証拠が出てくる。けどな、そこまでが大変なんだよ。外部からの密告っていうだけじゃ、許可が下りるとは思えねぇな」

「そんな……」

「死にそうな顔するなよ。方法がないわけじゃねぇんだからよ」

「どうするんですか？」

うつむいていた岳士は勢いよく顔を上げる。

「まずはヒロキっていうスネークの幹部を引っ張ってくる。あんな奴ら、叩けばいくらでも埃が出るから簡単だ。そいつを徹底的に絞り上げて、サファイヤの原料を大学に運んだって男の正体をつかむ。今度はその男を逮捕して、大学内にサファイヤの製造所があることをゲロさせる。その証言さえあれば、いくら大学内でも調べることが出来る」

「そんなまどろっこしいことを……」

「仕方がねえだろ。大人の世界じゃ、手続きってやつがあるんだよ」

岳士は奥歯を嚙みしめると、左手に視線を落とした。すでに左の指先から前腕の中ほど辺りまで感覚がなくなってきている。海斗は起きているはずだ。

いつまでもふて腐れてないで、喋ってくれよ。岳士が胸の中で語り掛けると、それが聞こえたかのように海斗がつぶやいた。どこまでも不機嫌な口調で。

『……それ以外に方法がないんだ。受け入れるしかないだろ。その代わり、こう付け加えろ。いいか……』

海斗のアドバイスを聞いた岳士は、番田に視線を戻す。

「分かりました、それでいいです。けれど、ヒロキの逮捕はできるだけ早く、可能なら明日までにやってください。幹部でサファイヤの取引を仕切っていたあの男が捕まれば、スネークはパニックになって、俺を探すどころじゃなくなるから」

「いいぜ。後手に回って、他の奴に手柄を横取りされたくはねえからな」

「それじゃあ、話はこれでおしまいですね。俺はとりあえず身を隠します」

岳士が椅子から腰を浮かそうとすると、「待ちな」と番田が声をかけてきた。

「お前の話は終わってもな、俺の話は終わっていないんだよ」

番田の声に危険な色が滲む。

俺の話？　なんのことだ？　岳士が眉根を寄せると、焦りを含んだ海斗の声が聞こえてきた。

『ジャケットを脱げ！』

「え？　ジャケット？」

岳士は小声で聞き返す。

『いいから早く！』

海斗に急かされた岳士は、わけも分からないまま、「ここは暑いですね」と誤魔化しつつジャケットを脱いで、ひじ掛けにかける。番田の目がすっと細くなった。

「あの、それで番田さんの話って……」

空気が張り詰めていくのをおぼえながら訊ねると、番田はグラスに残っていたウイスキーを一気に飲み干して立ち上がった。

「なに、簡単な話さ。実はな、今日の朝、サファイヤのルートを潰すよりもでかい手柄を立てるチャンスを見つけたんだよ。まさに一世一代の大チャンスだ。うまく生かせば、警視総監賞も夢じゃねえ。だから今日一日、迷っていたんだよ。俺一人で動くか、それとも上に報告するかをな。そんなときにお前から連絡があった。俺は思ったね。これは天の思し召しだって。俺に前に進めって言っているんだってな」

「何を言って……」

不吉な予感に声を震わせながら岳士が立ち上がると、番田はズボンのポケットから小さく折りたたまれた紙を取り出した。

「こういうことだよ。……風間《かざま》岳士君」

広げた紙を左手で突き出しながら、番田は呼んだ。岳士の本名を。

一瞬、思考が停止する。その紙に粗く印刷されていたのは、自分の、そして海斗の顔だった。写真の下には「殺人容疑者」の文字が記されている。

『警察内に出回っている手配写真だ！　殺人容疑で追われていることがばれたんだ！』

海斗が叫んだ瞬間、首筋に重い衝撃が走った。顔を上げると、いやらしい笑みを浮かべた番田が右手でTシャツの後ろ襟《えり》を摑んでいた。

初めて番田と会ったとき、わけの分からないままに投げ飛ばされた記憶が蘇る。

「ようやく捜査本部が、早川殺しの容疑者の写真を共有したんだよ。見て驚いたぜ」

『来るぞ！』

海斗の警告と同時に、番田の巨体が勢いよく回転する。体が前方に引き出される。岳士は必死に重心を落とした。Tシャツの生地が破れる音が響く。

一瞬足が地面から離れるが、前回のように宙で体が一回転することはなかった。岳士はバランスを大きく崩しながらもなんとか足から着地する。

ジャケットを脱いでいてよかった。Tシャツが破れた分、引き出される力が弱まった。

『撃て！』

海斗の声とともに、左手全体の感覚が戻ってくる。その意図を悟った岳士は、左肘をコンパクトに折りたたみ、勢いよく腰を回転させた。

再び投げの体勢に入ろうとしていた番田の脇腹に、左ボディブローが突き刺さる。ミドル級ボクサーの体重の乗ったパンチで肝臓を貫かれた番田は、くぐもったうめき声を漏らすと、両手を離して体をくの字に曲げた。

レバーブローで頭を下げさせる。岳士の得意パターンだった。次の技は決まっている。

「てめえ……」

両手で脇腹を押さえた番田が、怒りに燃える目で見上げてくる。そのあご先に向けて岳士は思い切り右の拳を振り下ろした。狙いすましたチョッピングライトがあご先をとらえる。首を支点にして、番田の頭部が三十度ほど勢いよく回った。生じた遠心力が、頭蓋内に収められている柔らかい脳を揺らし、意識を体外へと弾き飛ばす。番田は全身の筋肉を弛緩《しかん》させ、受け身を取ることもなく床に倒れ伏した。

『ナイスパンチ』

海斗のどこか冷めた声が聞こえるとともに、左手の感覚が消えていく。

「警察に……見つかった……」

息を乱しながら、岳士は呆然とつぶやく。とうとう警察に見つかってしまった。一刻も早くこの場を離れなくては。

『あ、ちょっと待て』

海斗に制止され、出口に向かって走り出しかけていた岳士は動きを止めた。

「なんだよ⁉　早く逃げないと！」

『その前に、その刑事の手錠を取り上げておいて』

「手錠？　なんでそんなもの？」

『あとで説明するよ。絶対に必要なものなんだよ』

岳士はしかたなく腹這いに倒れている番田のジャケットを捲《まく》る。ベルトに取り付けられた革製のホルダーに収まった手錠がすぐに見つかった。

『それだ。それと鍵をもってすぐに逃げるよ』

「分かった」

手錠を取り、番田のポケットからキーホルダーを抜き出し、岳士は走り出した。

倉庫を出て、外階段を駆け上った岳士は、バイクに跨りエンジンをかけると、ヘルメットを着けずに発進させる。細い路地を何度も曲がりながら、猛スピードで飛ばしていった。

「警察に尾行されていたりしないよな?」岳士は何度もサイドミラーを確認する。

『大丈夫だよ。あの刑事の言い方だと、手柄を独占するために、お前と会うことを誰にも言っていなかったはずだ』

岳士は安堵の息を漏らし、わずかにスピードを緩めた。

『安心している場合じゃない。これでお前が関口亮也の名前を使っていたことがばれた。本格的に逃げ場がなくなったんだよ』

どこまでも硬い海斗の声を聞いて、息苦しくなってくる。

「これから、……どうすればいいんだ?」

『とりあえず、近くの駅でこのバイクを乗り捨てよう。ノーヘルで警察に停められたりしたら大変だし、駅で乗り捨てれば、そのあとの足取りを誤魔化しやすいからさ』

「足取りって、これからどこに行けばいいんだよ」

『大丈夫、僕に考えがあるからさ。……お前は僕の言うとおりにすればいいんだよ』

重量感のある海斗の口調に不安をおぼえながらも、岳士はただ頷くことしかできなかった。

6

「本当にここに隠れるのか？」

目の前に立つ廃墟の様相を呈しているビルを、岳士は見上げる。

『ああ、そうだよ。なんか問題でもあるかい？』

「けれどここって……」

『そう、あの刑事に連れてこられたビルさ』

そこは初めて会ったときに番田に連れていかれたビルだった。この地下にある潰れたバーで番田と話をして、岳士はスパイとしてスネークに潜入することになった。

「なんで、よりによってここに……」

『灯台下暗しってやつだよ。それにこのまえ、あの刑事が言っていただろ。このビル、入り口が閉められたってさ。だから、隠れるにはちょうどいいんだよ』

海斗は軽い口調で言う。たしかに、正面入り口の扉は太いチェーンが何重にも巻かれ、頑丈そうな南京錠で固定されていた。

四時間ほど前、番田から逃げ出した岳士は渋谷まで行って、そこでバイクを乗り捨てた。その後、海斗の指示に従ってスクランブル交差点の人込みに紛れて渋谷駅に向かうと、電車を何度も乗り継ぎ、バスや徒歩も利用して足取りを摑ませないように気をつけつつ、最終的にはもといた場所にほど近い、この六本木の裏通りにやって来ていた。

『前に見たとき裏手に、頑張れば何とかくぐれるような小さな窓が付いているのに気づいたんだ。きっとトイレの窓かなにかだよ。あそこから入れると思うんだよね』

「当分ここに潜伏するのか？」

岳士は手に持っているビニール袋を見る。中にはコンビニで購入したカロリーメイトが大量に入っていた。海斗に買い込むように言われたのだ。

『ああ、とりあえず問題が解決するまではね』

「解決⁉　そんな方法があるのかよ！」

岳士が勢い込んで訊ねると、海斗は左手の人さし指を立てた。すでに海斗の『支配領域』は首筋辺りまで広がってきている。

『詳しい話は落ち着いてからだよ。とりあえず、中に入るよ』

促された岳士は、ビルの裏手に回る。たしかに小さな窓があった。高い位置にある窓に手をかけ、なんとか体をこじ入れていくと、予想した通りそこはトイレの個室だった。長期間使用していないだけあって、すえた悪臭がこもっている。便器にはびっしりと黒カビが生えているのを見て岳士は吐き気をおぼえる。

なんとか窓から侵入した岳士は、すぐにトイレから出て地下にある潰れたバーへと向かった。

『とりあえず、トイレを確認するよ』

バーに入るなり、海斗が言った。

「なんでトイレを？」

『これから何日も過ごすのに、一階みたいに汚かったらいやだろ。いいから早くしなって』

早口で促された岳士は、仕方なく部屋の奥へと進んでいく。置かれているソファーやカウンターには薄く埃が積もっていた。

本当にここに隠れて大丈夫なのだろうか？　胸が苦しくなってくる。その原因が、不安だけでないことは分かっていた。サファイヤの禁断症状だ。

番田から逃げて東京中を移動している間、サファイヤの効果が切れて、落ち着かなくなっていた。できるなら、すぐにでもポケットの中にあるサファイヤを飲み干したかった。

けれど、そんなことをすれば、海斗に見放されるかもしれない。少なくとも、安全な場所に避難するまでは海斗の判断力が頼りだ。そう考えて必死に耐えていたのだが、限界は近かった。

早く海斗から『解決策』を聞き出して、サファイヤを飲もう。額から汗が沁みだしてくるのを感じながら、岳士はトイレに入る。

「思ったよりきれいだな」

岳士が三畳ほどのスペースの個室を見回していると、海斗が洗面台の水道栓を回した。蛇口から水が流れだす。

『うん、水もある。食料も十分にあるから、当分はこの中で生きていけそうだね』

「この中でって、トイレで過ごすみたいな言い方やめろよな」

『いや、実際にこのトイレで過ごすんだよ』

岳士が「は？」と声を上げた瞬間、左手が素早く動いた。固められた左拳が岳士のあごに打ち込まれる。完全に不意を突かれた岳士は勢いよく倒れ、壁に頭を打った。

「な、なにを……？」

軽い脳震盪を起こしたのか、呂律《ろれつ》が回らない。

海斗は無言のまま、番田から奪った手錠をズボンのポケットから取り出すと、片方を岳士の右手首に嵌め、もう片方を洗面台の下を走る頑丈そうな排水管に噛ませる。ガチリという硬い音が狭い空間にこだました。

『さて、これでお前はここから逃げられない。まずは一番の問題であるお前のサファイヤ中毒を「解決」しつつ、この追い詰められた状態をどうにかする方法を考えようか。……ゆっくりと時間をかけてね』

からかうかのように、左手の指がひらひらと動いた。

「なにを……言っているんだ……？」

岳士は身を起こそうとする。排水管に繋がった手錠が金属音を立て、右手を引かれた。バランスを崩した岳士は、再び壁に軽く頭をぶつける。

『気を付けなよ。手錠で動けなくなっているんだからさ』

顔の前に左手がかざされる。

「なんのつもりなんだって聞いているだろ！」

『さっき言っただろ。お前をこのトイレに監禁して、サファイヤ中毒を治すんだよ。安心しなって。水道は通っているし、カロリーメイトも十分に買ってあるから、その気になれば二、三週間過ごせるよ。それくらいあれば、サファイヤへの依存も多分治るだろ』

「二、三週間……」

半開きの口からうめき声が漏れる。長期間監禁されることが怖かったわけではなかった。その期間、サファイヤを摂れないことが恐ろしかった。

岳士は横目で、手錠に繋がれている右手を見る。その指先は細かく震えていた。ほんの数時間前にサファイヤを飲んだばかりだというのに、すでに禁断症状が出ている。全身の汗腺からは粘ついた汗が滲み、動悸で胸に痛みをおぼえはじめている。腹の底に、黒く濁った毒がじわじわと溜まっていた。

数時間、たった数時間で、全身の細胞がサファイヤをもとめて悲鳴を上げているのだ。サファイヤを摂らないまま何日も過ごしたら、どれほどの苦痛が襲い掛かって来るのか、想像すらできなかった。

そんなの耐えられるわけがない。死んでしまう。

十八年の人生で初めて、「死」がすぐそばに佇《たたず》んでいることを実感する。カズマたちに殺されかけたときも、これほどまでの恐怖は感じなかった。喉の奥から「ひゅー」という、喘息《ぜんそく》でも起こしたかのような音が聞こえてくる。

『さて、まずは手始めに』

海斗は楽しげにつぶやくと、左手でズボンのポケットを探る。ポケットから引き抜かれたその手には、蒼い液体で満たされた、小さなプラスチック容器が数本握られていた。予備としてポケットに潜ませていたサファイヤ。

「ま、待て……」

海斗が何をするつもりなのかに気づき、慌てて容器を取り返そうとする。しかし、右手が手錠で固定された状態では、なにもできなかった。狭い空間に、排水管と手錠がぶつかり合う金属音が虚しく響く。

『諦めなって、往生際が悪いな』

海斗はサファイヤの容器を無造作に放る。それらは蒼い放物線を描いて便器の中へと吸い込まれていった。左手が水洗レバーへと伸びる。レバーが下ろされると同時に便器の中に生じた渦が、サファイヤを下水へと呑み込んでいった。

『良かったな、岳士。これでもう、あのやばいクスリに悩まされることもないぞ』

「ふざけるな！　自分がなにをしたか分かっているのかよ！」

岳士は歯茎がむき出しになるほど唇を歪めて怒鳴った。

『……もちろん分かっているさ』

海斗の声が低くなる。

『やばいクスリのせいで破滅しかけているお前を救おうとしているんだよ。なにか文句でもあるのか？』

伝わってくる強い怒りに気圧《けお》された岳士は、必死に反論を探す。

「でも、サファイヤがないと俺は……」

『ああ、多分地獄の苦しみを味わうことになるだろうね。それがなにか？』

「なにかって……」

『僕はずっと警告していたじゃないか。このままだと「サファイヤの奴隷」になるぞってね。けれど、お前は耳を貸さずにサファイヤを飲み続けた。因果応報ってやつだよ。まあ、一度死ぬほど苦しめば、二度とサファイヤを飲みたいなんて気も起こらなくなるだろ』

「お、俺がどうしようと勝手だろ。なんでお前にそこまで……」

岳士のセリフは、鼻先に触れそうなほど近づいた左掌によって遮られる。

『勝手じゃないね。僕はお前の兄貴だし、そもそも、僕も一部だけこの体を使わせてもらっているんだよ。この体はお前だけのものじゃないんだ』

この体が自分だけのものじゃない……。

岳士はあらためて、自らの身体の感覚を確かめてみる。左手足、体幹の左半分、そして首筋からあごの辺りまで、海斗の『支配領域』が侵食してきている。

このまま身体を乗っ取られてしまうのではないか。再び湧き上がったその恐怖と、これから地獄の苦痛を味わうことになるという現実に心が腐っていく。

「ふざけるな！　俺をここから出せ！　いますぐに出すんだ！」

岳士は右手を力任せに引く。手錠が手首に食い込むが、痛みは気にならなかった。いますぐにここから逃げ出して、サファイヤを飲まなければ。衝動が体を突き動かす。

手首の皮膚が破れ、手錠が赤く染まっていく。それでも岳士は力任せに右手を振り続けた。

かなり頑丈そうな排水管だが、いつかは外れるはずだ。そう、きっと三十分もすれば……。

『仕方ないなぁ……』

海斗の呆れ声が聞こえると同時に、左拳が顔面に向けて飛んでくる。再びあご先を殴りつけられた岳士は、その場に崩れ落ちた。

天井が回る。頭蓋骨の中で重い音が反響し続け、割れそうなほどに頭が痛かった。右手にも力が入らない。自らの『支配領域』が一気に押し込められているのが分かる。

「よっこらしょ」

岳士の意思とは関係なく口から言葉が漏れ、左手をついて身体を起こしていく。数時間前、カズマにノックアウトされたときと同じ現象。

手錠の掛けられた右手をだらりと下げたまま、洗面台の前で立ち上がった身体はまっすぐに鏡を覗き込む。

「無理だって、岳士」

鏡の中の男が、いま身体を支配している海斗が言った。

「右手には手錠が掛けられているんだから、僕はいつでもお前を殴って気絶させることができる。力ずくで逃げようとするたび、僕は同じことをしてお前を止める。分かったら大人しくして、サファイヤの影響が抜けるのをここで待つんだ」

もはやどうすることもできなかった。

俺の身体の主導権は海斗に握られてしまった。もう、逆らう術《すべ》は残されていない。

俺の身体？　本当にそうなのだろうか？　いまの俺は、『海斗の身体』に寄生しているだけの存在に過ぎないのではないだろうか？

視界が回転し、鏡の中の自分の顔、いや、海斗の顔が迫ってきた。

第四章　最後の嘘

1

便器に顔を近づけ激しくえずく。しかし、空っぽの胃からは、黄色く粘ついた胃液が少量零《こぼ》れるだけだった。耐えがたい苦みが口の中に広がっていく。

『大丈夫かい？』

たいして心配そうでもない海斗《かいと》の声が聞こえてくる。しかし、岳士《たけし》にはその問いに答える気力すら残っていなかった。

便器から顔を離した岳士はうなだれつつ、洗面台のそばの壁に寄りかかって座る。海斗の策略によりこの小さなトイレの個室に監禁されてから、すでに五日が経過している。その間ずっと、岳士はサファイヤの禁断症状により、地獄の責め苦を味わい続けてきた。

絶え間なく、内臓が腐敗してしまったかのような吐き気に襲われ、ひたすらに嘔吐を繰り返している。灼熱の砂漠を彷徨《さまよ》っているかのように喉が渇き、氷点下の世界に裸で放り出されたような寒気に震えが止まらなかった。全身の汗腺からは絶え間なく脂っこい汗が染み出し、視界は霞《かす》み、耳元に羽虫がたかっているような耳鳴りに悩まされていた。皮膚の下になにかが這《は》っているかのような痛痒《いたがゆ》さに、悶《もだ》え苦しむことさえあった。

もういい。もう終わりにしてくれ。昨日あたりからずっと、どうやれば自分の命を絶つことが出来るかを考え続けている。しかし、右手が手錠に繋《つな》がれ、おかしな動きをすれば海斗に止められる状況では、自分の人生にピリオドを打つことすら困難だった。

『ほら、口をゆすぎなよ』

左手が上方に伸び、蛇口をひねって水を流す。しかし、動くことが出来なかった。壁に頭を付けて目を閉じると、瞼《まぶた》の裏に彩夏《あやか》の姿が浮かぶ。柔らかい笑みを浮かべる彩夏。ほんのわずかに、吐き気が薄まる。

いま彼女はなにをしているのだろう？　急に姿を消したことを怒っているだろうか？

もう一度、彼女に会いたい。一目姿を見るだけでもいい。もう一度だけ……。

枯渇していたはずの気力が、少しだけ湧いてくる。岳士は右手で排水管を摑《つか》みながらふらつく体を支えると、洗面台にもたれかかるように立ち上がり、蛇口から流れる水に口をつける。

『そうそう、しっかり水分を摂らないとな。あとできれば、こっちも少し腹に入れておきなよ』

左手が動き、そばの床に放ってあったカロリーメイトを摑む。片手で器用に包装を剝《は》がした海斗は、黄色い直方体の塊を口元へと持ってきた。

人工的な甘みを含んだ匂いが鼻先をかすめた瞬間、再び嘔気が強くなる。しかし、岳士は顔を背《そむ》けることなく口を開けると、カロリーメイトにかぶりついた。チーズに似た味が口の中に広がる。消耗した体には濃厚すぎる栄養の塊を反射的に吐き出しかけるが、歯を食いしばって喉の奥へと流し込んだ。

海斗に言われたから食べたわけではない。命を繋ぐためには食べなくては。こんなところで死んでたまるか。なんとしてもここから生きて出る。そして……、もう一度だけでも彩夏さんに会うんだ。

『おお、すごいじゃないか。これまでどれだけ食べさせても、すぐに吐き出していたのにさ。少しはサファイヤの禁断症状から回復してきたのかな？』

嬉しそうな海斗の言葉に答えることなく、岳士は自分の内部へと意識を集中させる。禁断症状はいまも絶え間なく続いている。頭の大部分はあの蒼《あお》く輝く液体への渇望で満たされ、拷問のような苦痛に晒《さら》され続けている。

しかし昨日あたりから、サファイヤへの欲求がわずかに薄れる時間が生じはじめていた。それが、禁断症状が改善してきているためか、それとも苦痛に耐えきれなくなった精神がなにも感じなくなってきているだけなのか、岳士自身にも分からなかった。

『さて、なんだか少し余裕も出てきたみたいだし、そろそろはじめようか』

左手がぱちんと指を鳴らした。

「……はじめる？……なにを？」

岳士は蚊の鳴くような声でつぶやく。

『もちろん、これからどうするかを考えるんだよ』

「……ここから脱出して、左手を……お前を切り落とす……」

『ははは。いいねえ、その意気だよ。ぜひやってくれ。けど、まず完全にサファイヤの奴隷から立ち直って、いまの状況を解決することが先だ』

「状況を解決……？」

『忘れたのかい？　僕たちは追い詰められた状況だろ。殺人の容疑者として追われているし、番田《ばんだ》には正体がばれた。しかもスネークからは命を狙われている。まさに絶体絶命だ』

海斗は左手をオーバーアクションで動かしながら言葉を続けた。

『ここから逆転する方法はたった一つしかない。錬金術師だ。サファイヤをスネークに供給している人物にして、おそらくは早川《はやかわ》殺しの真犯人。そいつの正体さえ暴《あば》いて、警察に逮捕させればすべてが解決する。冤罪《えんざい》を晴らすこともできるし、芋づる式にスネークの連中を逮捕させることだってできるはずだ』

「そんな……うまくいくかよ……」

『それ以外に、僕たちが助かる道はないんだよ。いまはどうやって錬金術師の正体を探るのか、それに集中するんだ』

「この前は、あっちから接触してくるって……」

『その作戦は、錬金術師が僕たちの行動を監視していることが前提だっただろ。けれど、もう無理だ。錬金術師はマンションを監視していたにすぎない。いま僕たちがここにいることは分からないさ。そして、番田が僕たちを探している現状、マンションに戻ることもできない』

「……なんでだよ。俺たちがあのマンションに隠れているのを知っていたのは錬金術師だけだろ。番田は知らないはずだ」

岳士は禁断症状でうまく思考がまとまらない頭を必死に働かす。

『おっ、なかなかいいところを突いてくるね。やっぱりかなりサファイヤの影響が抜けてきているんじゃないか？　この調子なら、あと数日もすれば……』

「質問に答えろよ！」

この苦しみを与えている当事者の軽い口調に苛立ち、岳士は怒鳴り声を上げる。

『いいねいいね。それだけ大きな声が出せるようになったんだ。で、マンションの件だけど、警察に張り込まれている可能性は高いと思うんだよね。僕たちがどんな偽名を使っていたか、もう番田にはバレている。そうなると、その情報をもとに捜査本部があの偽名を調べ上げ、僕たちが借りた部屋にたどりついていると考えるべきだ』

ああ、言われてみればその通りだ。岳士は頭を垂れる。それじゃあ、ここから脱出できたとしても、彩夏に会いにいくことが出来ない……。

『岳士。もしかして、お前さ。あのお姉さんのこと考えてる?』

「……どうでもいいだろ」

『いいわけないだろ。誰のせいでお前がこんなに苦しんでいると思っているんだよ。全部、あのお姉さんがお前にサファイヤを飲ませたからだろ』

「いや、お前のせいだよ」

岳士は左手を睨《にら》みつける。海斗は『僕のせい?』と不思議そうに聞き返した。

「ああ、そうだ。お前が左手に乗り移ったから、俺はサファイヤを飲まないと耐えられなくなったんだ。お前が死んだ光景を忘れるため、いつもぐちゃぐちゃと言ってくるお前を黙らせるため、そして……俺の身体を侵食してくるお前を押し返すために、俺はサファイヤを飲み続けたんだよ!」

それが自分の弱さから目を逸《そ》らすための詭弁に過ぎないと分かっていた。けれど、そう思い込まないと耐えられなかった。

『……そうか、僕のせいか。悪かったな、……岳士』

海斗はつぶやく。どこまでも哀しげに。唇の隙間から「あ……」という声が漏れた。

自分をここに監禁し、地獄の苦しみを与えている相手だというのに、なぜか罪悪感が胸を押しつぶす。生まれてからずっとともに人生を歩んできた分身。自分たちの間に結ばれた強固な絆を思い知らされる。

岳士は謝罪の言葉を口にしようとする。しかし、その前に海斗が声を上げた。

『そうだな。僕の方がお前にとって良くない存在なのかもな。この件がうまく片付いたら、本格的に今後のことを考えないとな。もう二度と、お前をこんな状態にしないためにも』

ひとりごつようにつぶやくと、海斗は左手の指を大きく鳴らした。

『まあ、先のことより、まずは目先のピンチをどうやって切り抜けるかだ。さっき言ったように、錬金術師が接触してくるのを待つ作戦はもう使えない。そうなると、僕たちと錬金術師をつなぐ最も重要な接点、それを探すのが一番だと思うんだよね』

「重要な接点？」

いったい何のことだろうか？　再び強くなってきた吐き気に耐えながら、岳士は頭を使う。

なんで、錬金術師は俺たちを追っているんだ？　何が目的で……？

必死に思考を走らせていた岳士は、はっと顔を上げた。

「レシピ！　サファイヤのレシピだ！」

『その通りだよ』

海斗は左手の親指を立てる。

『サファイヤのレシピ。それが一連の事件で最も重要なカギだ。番田の依頼でサファイヤについて調べていた早川は、どうにかしてレシピを手に入れた。錬金術師しか知らないサファイヤの調合法。それは莫大な利益をもたらす金の卵だ。早川はその情報を番田に教えることなく、錬金術師を恐喝することにした』

「けれど、なんで錬金術師から金を取ろうとしたんだ？　サファイヤのレシピに大金を払う組織はいくらでもあったはずなのに」

岳士は拍動するような痛みが走るこめかみを押さえる。

『錬金術師が少人数、もしくは一人の人間だからじゃないかな。スネークみたいな危険な団体を相手に取引するよりリスクが低いだろ。まあ、錬金術師から金を受け取ったあと、そういう組織にも売り込むつもりだったのかもしれないけどね。けれど、その目論《もくろ》見《み》は外れて……』

「早川は錬金術師に殺された」

セリフを引き継ぐと、海斗は『そういうこと』と人差し指を立てた。

「じゃあ、サファイヤのレシピはどこに……？」

『それが問題だ。少なくとも、錬金術師はレシピを取り返していない。つまり、早川は取引場所にレシピを持って行かなかったということだ。そのあと錬金術師は早川の自宅アパートに行って家探しをしているけれど、それでもレシピは見つからず撤退した。そして、錬金術師のあとに早川の部屋に侵入した僕たちは、部屋に備え付けられていた金庫を開けた』

「けど、中にレシピはなかったぞ」

『そう、なかった。ただ、遠くから部屋を見張っていた錬金術師は僕たちが金庫からレシピを盗み出したと思い、監視を続けていた。それが現在の状況だ。ここで一つ問題が出てくる』

「レシピは一体どこにあるのか」

『それだよ。早川は間違いなくレシピを手に入れていた。それをどこに隠したのか』

「どこかの貸金庫にでも預けてあるんじゃないか？」

『その可能性は低いんじゃないかな。早川は殺人事件の被害者だ。いくら僕たちっていう有力な容疑者がいるとしても、警察が周辺を徹底的に調べているはずだ。もし貸金庫か何かを借りていたら、すでに発見されていると思うよ。サファイヤのレシピを見つけていたら、警察はそっちの方についてもかなり詳しく調べるはずだ。けれど、番田刑事の言動からすると、警察は早川の殺人事件とサファイヤを結び付けてはいない』

「じゃあ、早川が自分しか分からない所に埋めたりしたんじゃないか。警察が見つけられないのに、俺たちに探し出せるわけがない」

岳士は投げやりに言う。いくらか禁断症状の波が凪《な》いでいるとはいえ、体調は最悪だ。これ以上、頭を使うことが億劫だった。

『諦めるなって。レシピを見つける以外に、いまの状況を打破する方法はないんだからさ。警察は、早川がなんであの河川敷にやって来たのか分かっていないはずだ。それを知っている僕たちにはアドバンテージがある。気づいていないだけで、なにかレシピのありかを解明するヒントを手にしているかもしれないんだ』

レシピのありか、か……。岳士は霞む目を天井に向ける。そういえば……。

「そういえば、早川はもし取引が成立していたら、どうするつもりだったんだろうな。レシピの原本も持たないでさ」

思いついたことを岳士が口にした瞬間、左手がいきなり五指を勢いよく開いた。

『それだ！』

「なんだよ、いきなりでかい声出して。頭に響くだろ」

岳士は顔をしかめる。

『早川はあの河川敷で錬金術師と取引をするつもりだった。それなら、レシピを持っていないとおかしい。レシピの現物がないと錬金術師が納得して金を渡すわけがない。早川はどうするつもりだったんだ……？』

海斗は貧乏ゆすりでもするように細かく指を動かす。

『レシピはすぐ近くに隠してあった？　錬金術師が金を持ってきていることを確認したら、すぐに取ってこれるくらい近くに？　だとしたら……』

指の動きが止まる。唐突に、左半身が大きく痙攣《けいれん》した。

「どうしたんだよ……」

『……ホームレス』

海斗がつぶやいた。

岳士が「はぁ？」と聞き返すと、左手が素早く動いて顔の前にかざされる。

『ホームレスだよ！　河川敷で絡んできたホームレスだ！』

「そういえばいたな」

『僕たちが河川敷を使おうとしたら、あのホームレスはいきなり大声で怒鳴りつけてきただろ』

「ああ、お前が五百円を渡して黙らせたんだよな」胸元をさすりながら岳士は頷《うなず》く。

『けれど、そのあと、僕たちが起きるまであのホームレスは騒がなかった。あんな大声上げれば、さすがに目が覚めたはずだ。おかしくないかい。早川は錬金術師と取引するために、あの河川敷におりてきたんだぞ。なんでホームレスは僕たちのときみたいに、大声を上げて追っ払おうとしなかったんだ？』

「早川が河川敷に来たとき、出かけていたからじゃないか？」

『そうかもしれない。でも、他の可能性もあると思うんだよね。よく考えたら、早川が刺殺されたあんな早朝の時間に、ホームレスがねぐらにいなかったっていうのは、ちょっとおかしい気がするんだ。たぶん、ホームレスと早川は契約を交わしていたんだよ』

「契約？」

『きっと早川は、取引場所の下見をしたはずだ。そして、そのときにあのホームレスに怒鳴りつけられた。けれど、早川は逆にそのホームレスを利用することにしたのさ。僕たちがしたみたいにお金を渡してね』

「つまり、取引場所としてあの河川敷を使わせてもらう代わりに金を渡していたってことか？　だから、ホームレスは取引時間にどこかに消えていたと？」

禁断症状の影響で回転が遅くなっている頭では、海斗の意図が読み取れなかった。

『それだけじゃない。取引場所として使うだけなら、べつにわざわざ金を払ってあの河川敷を使う必然性はないからね。たぶん早川は、あのホームレスに取引場所だけでなく、保管場所も提供してもらったんだよ』

首を捻《ひね》りながら「保管場所……？」とつぶやいた岳士は、次の瞬間、目を見開く。

「まさかそれって……⁉」

『そう、レシピの保管場所だ。よく考えれば、ある意味、理想的だよね。錬金術師が金を持ってきていることを確認すれば、すぐにレシピを持ってくることが出来る。しかも、汚れた段ボールハウスにそんな貴重なものが隠してあるとは思わないだろうし』

「ま、待ってくれ……」

岳士は混乱する頭を押さえる。驚きのせいか、禁断症状による苦痛もいまは感じなかった。

「じゃあ、サファイヤのレシピはいまも……？」

『ああ、警察が早川の事件とサファイヤを結び付けていないところをみると、あのホームレスの男が持っている可能性が高い。きっと、警察に事情を聞かれても、レシピについては黙っていたんだろうね。あれがなんだかは分かっていないだろうけど、金になるかもしれないと思って、警察にも渡さずに保管しているのかも。少なくとも、調べてみる価値はあるよ』

まさか、そんなところに錬金術師に近づくヒントが眠っていたなんて……。唖然《あぜん》としていた岳士は、「うっ……」とうめき声を漏らす。一時的に凪いでいた禁断症状が、大きな波となってぶり返してきた。

内臓が体の中で握りつぶされている感覚。慌てて便器に顔を近づけた岳士は、濁《にご》った声とともに口から粘着質の液体を吐き出した。鳩尾《みぞおち》から喉まで走る、焼け付くような痛みに、目に涙が溢《あふ》れる。滲《にじ》む視界の中、黄色い胃液に赤い色が混じっているのが見えた。どうやら、この数日くり返し嘔吐しているせいで、喉の粘膜から出血しはじめたらしい。

血液が凍り付いたかのような寒気が襲い掛かってくる。

『禁断症状から回復したら、河川敷に行ってあのホームレスを問い詰めような』

左手が胸元を優しくさすってくれる。右半身をがたがたと震わせ、身の置き所がない苦痛に苛《さいな》まれながら、岳士はただえずき続けることしかできなかった。

2

『岳士。岳士、起きろよ』

遠くから声が聞こえてくる。岳士は目を閉じたまま「……起きたよ」とつぶやく。

『ああ、よかった。体調はどうだい？』

「……最悪だ」

乾燥して割れた唇が痛いので、ほとんど口を動かさずに答える。

バーのトイレに監禁されはじめてから、どれだけの時間が経っているのかすでに分からなくなった。ただ、永遠と思われるような禁断症状との戦いで、心身ともに疲弊《ひへい》しきり、限界を迎えていた。もはや、瞼を開けることすら億劫だった。

『まあ、十日間も、ほとんど動かないで吐いたり震えたりし続けていたからね。それも仕方ないさ。ただ、もうそんなにつらくないだろ』

岳士は全身の感覚を確認する。サファイヤの禁断症状がもたらす寒気、嘔気、渇きなどは、いまは感じなかった。ただ、耐えがたい疲労感と倦怠《けんたい》感が、全身を支配していた。

「……怠《だる》い」

『禁断症状と必死に戦ってきたからね。だから、しっかり栄養補給をしつつ休息をとって、体力を回復させていこう。ここなら、トイレと違ってゆっくり休めるだろうからさ』

トイレと違って？　岳士は眉をピクリと動かす。言われてみれば、トイレの固く冷たい床ではなく、柔らかく温かいものが背中に当たっている。

目を開けて勢いよく体を起こした岳士は辺りを見回す。そこは狭いトイレの個室ではなく、淡い間接照明に照らされたシックな空間だった。

「ここは……？」

革張りのソファーの上で岳士はつぶやく。

『なに言っているんだよ。僕たちが隠れているバーに決まっているじゃないか。ほら、あそこのトイレにずっと籠《こも》っていたんだよ』

海斗がバーの奥を指さす。開いたドアの隙間から、簡易牢獄と化していたトイレが見えた。

「じゃあ、手錠は……」

岳士は右手首を見下ろした。そこには監禁初日に抵抗した際、手錠と擦れてできた傷の跡が赤く残るだけで、鋼鉄の枷《かせ》は嵌《は》められていなかった。

『この二、三日、ほとんど禁断症状は出なくなっていたからね。さすがにもう大丈夫だと思って、お前が熟睡している間に外したよ』

左手の親指と人差し指が小さな鍵を、ズボンのポケットから摘《つま》んで取り出す。

『あと、お前が熟睡していたおかげで身体を使えたから、コンビニに買い物に行っといたよ』

「買い物？」

つぶやいた岳士は、そばのテーブルの上に大きなビニール袋が置かれていることに気づいた。ずっと監禁されていたせいか、関節が軋《きし》む身体を動かし、その袋の中身をテーブルに広げる。

『まずは栄養を摂って体力をつけないといけないからね。食べ物を買ってきた。あとは身なりを整えるために、替えの下着、髭剃り、石鹸にシャンプー……』

海斗が説明している途中で、岳士はテーブルの上にあるおにぎりを手に取り、せわしなく包装を剝がすと、それにかぶりついた。前歯がのりを嚙み切る感触に続き、塩気を含んだ白米の旨味と梅干の酸味が口の中に広がっていく。

栄養分だけを抽出して固めたようなカロリーメイトの人工的な味とは違う、自然な素材の味に視界が滲んでいく。禁断症状により延々と続いた吐き気が嘘のように、体の奥底から食欲が湧き上がってくる。全身の細胞が、生の栄養を欲していた。

岳士は衝動のままに、テーブルの上に置かれた飲食物を次々と口へと押し込んでいく。

『もう少しゆっくり食べなよ。胃腸も弱っているだろうからさ』

海斗が忠告してくるが、止めることができなかった。サンドイッチに挟まれたレタスが口の中でシャキッと音を立てるたび、自分が生きていることを実感できる。

『まあ、それだけ食べられるってことは、禁断症状は完全に乗り越えたってことだろうね。どうだい、岳士。まだサファイヤを飲みたいと思うかい？』

昆布のおにぎりを口に運んでいた岳士の動きが、ぴたりと止まる。口の中に入っていた米を飲みこんだ岳士は、自らの内部へと感覚を落とし込んでいく。

サファイヤを飲んだときの、全身の細胞が輝きだすかのような快感はいまもおぼえている。またあれを味わいたいという欲求は消えてはいない。

しかし、サファイヤに対する飢えにも似た渇望は消え去っていた。身体を、そして心をサファイヤに支配されていたときとは、明らかに違った自分がここにいる。

「……いや、大丈夫だ。もう、サファイヤを欲しくない」

『そうか、おめでとう』

左手の親指が力強く立てられる。

『これでお前はもう、サファイヤの奴隷じゃない。サファイヤに打ち勝ったんだよ』

サファイヤに打ち勝った。その実感はなかった。いや、サファイヤを敵だと、いまでも思ってはいなかった。

ただ、サファイヤ無しでは生きていけなかった十日前には、二度と戻りたくはなかった。

『とりあえず、食べ終わったらもう一度眠って体力を取り戻すんだ。そのあとで行こう、一連の事件がはじまったあの河川敷に』

覇気の籠った海斗の声に、岳士は力強く頷いた。


夏の夜特有の、温く湿った風が吹いている。人通りの少ない道を、マスク姿の岳士は警戒しつつ歩いていた。

バーで腹いっぱいになるまで食事をした岳士は、海斗に言われた通り、再びソファーに横になった。十日間にわたる禁断症状との苛烈な戦いで消耗しきった体は、突然大量に供給された栄養を吸収するために、長い休息を必要とした。

半日近く昏々《こんこん》と眠り続けた岳士が目を覚ますと、ガス欠になっていた体がほんのわずかにだが回復していた。海斗に『じゃあ、まずは準備を整えよう』と促され、バーのスタッフルームに備え付けられていたシャワールームに入った。伸びていた髭を剃り、熱いシャワーを頭から浴びると、垢《あか》とともに心に染みついていた汚れも洗い流されていくかのように心地よかった。

海斗が買っておいてくれた下着とシャツに着替えた岳士は、十日間を過ごしたバーを出て、夜の六本木を歩き出した。そして、電車を乗り継いでこの場所までやって来ていた。

岳士は顔を上げる。前方に橋が見えてきた。東京と神奈川の境界、多摩川《たまがわ》にかかる巨大な橋。一連の事件のはじまりとなった場所。

橋のそばに近づき、辺りを見回す。もともと人通りが少ないのか、午後九時前だというのに人影は見えなかった。岳士は歩道から出ると、背の高い雑草の生えた土手を慎重に降りていく。

あった。橋の下、数十メートルほど離れた位置に、段ボールハウスが建てられていた。懐中電灯でも使っているのか、中から明かりが漏れている。

そちらに向かって足を踏み出そうとした岳士の脳裏に、血を流して倒れている中年男の姿がよぎった。体を強張らせながら、足元に視線を落とす。いま自分が立っている場所、ここに早川が倒れていた。濁った目で虚空を睨みながら。

『大丈夫かい、岳士？』

「ああ、大丈夫だ……」

岳士は深呼吸をくり返す。あの日、遺体を見つけてから続いている悪夢。それを終わらせるために集中しなくては。大きく足を踏み出すと、海斗が『その調子だよ』と明るく言った。

段ボールハウスに近づきながら岳士は目だけ動かして左手を見る。いま、海斗の『支配領域』は左手首から先になっている。バーのソファーで目を覚ましてから、ずっとそうだ。そのおかげで、滞りなく身体を使うことが出来ている。しかし、左手以外の『支配権』を完全に取り戻したわけではないことは分かっていた。いまは、海斗が左手以外の部分の『支配権』を譲ってくれているから使えるに過ぎない。海斗がその気になれば、左半身の『支配権』を強引に奪い取られるだろう。もしかしたら、もっと広範囲の『支配権』も……。

考えるな！　岳士は頭を強く振る。もう『サファイヤの奴隷』から解放されたのだ。これまでサファイヤの影響で海斗の『支配領域』が広がっていたが、これから元に戻っていくはずだ。

雑草を踏みしめながら進んでいく。そばを流れる多摩川の水音が、足音を消してくれた。段ボールハウスをそっと覗き込むと、中に男が寝そべっていた。あの事件の前日、「場所代を払え」と絡んできたホームレス。男は菓子パンを齧《かじ》りながら、天井からぶら下げた懐中電灯の明かりでアダルト雑誌を読んでいる。

岳士はもう一度周囲を見回して誰もいないことを確認すると、素早く段ボールハウスに入り込んだ。岳士に気づいた男は上体を起こし、目を剝《む》きながら口を開ける。しかし悲鳴が上がる前に岳士は右掌で男の口を塞《ふさ》いだ。

「久しぶり。俺のこと、覚えているな？」

岳士は低い声で言う。これからの行動は、移動中に海斗と徹底的に打ち合わせをしてあった。

男は震えながら、かすかに頷く。

「手を放すけど、叫んだりするなよ。そんなことすればどうなるか……、分かっているな？」

口角を上げながら、左手をジャケットの懐《ふところ》に入れる。まるで、そこに刃物を隠しているかのように。男は恐怖に顔を歪《ゆが》めながら、首を細かく縦に振った。

岳士が手を引くと、男は這うように後ずさる。その背中が、変色した雑誌の山に当たり、その上に載っていた吸い殻でいっぱいの紙コップが床に落ちた。

「お、俺も殺すつもりか……」

男の全身ががたがたと震えだす。

「それはお前しだいだな」

岳士はできるだけ凶悪に見えるよう、表情を作った。岳士が早川を殺したと、このホームレスの男は信じ込んでいる。ならば、それを最大限に利用させてもらおう。

「なにを……、なにをすれば助けてくれるんだ……？」

男は祈るように両手を組む。

「あの日、ここで刺し殺された男が誰だか、お前は知っていたな？」

「刺し殺された？　殺したのはあんただろ？」

「細かいことはどうでもいいんだよ！　お前はあの男の知り合いだったのか⁉」

怒鳴りつけると、男は「ひっ」と身体を小さくした。

「知らない。知り合いなんかじゃない！」

「じゃあ、なんで俺にやったみたいに、あの男に絡んで場所代を請求しなかったんだ？」

男の目が泳ぐ。

「たしかに殺された男と知り合いってほど親しくはなかったんだよな。ただ、前にもここで会ったことがあった。たぶん、事件の起こる数日前に。そうだろ？」

岳士が促すと、男は躊躇《ためら》いがちに頷いた。

「あの日、あんたは男から金を貰って、空き缶でも拾いにどこか他の場所に行っていた。そして、戻って来たらその男が殺されていた。そういうことだな」

「そ、そうだ。あんただ！　あんたが人を殺していたんだ！」

岳士を指さしながら男が叫ぶ。岳士は唇を歪めると、再び左手を懐に入れた。

「……でかい声、出すなって警告したよな」

男は慌てて両手で口を塞ぐ。

『おお、いい演技じゃないか。本当に殺人犯みたいで、迫力十分だよ』

海斗の軽口に苛つきつつ、岳士は男を睨みつける。

「もう一度だけ訊くぞ。男と知り合いだったな？」

「し、知り合いってわけじゃない。ただ、あの数日前に会って金を貰っていたんだ」

「事件の夜、あの男がこの橋の下で何をするつもりだったのか聞いたか？」

「……誰かに会うって言っていたよ」

「誰かって誰だ⁉」

「知らないよ。ただ、一、二時間、どこかに行っててくれって頼まれただけだ」

やはり早川はこの男と接触していた。ならば、ここに「あれ」がある可能性も高い。

「それじゃあ、最後の質問だ。お前、あの男から何かを預かっていないか？」

男に明らかな動揺が走った。岳士は男の胸倉を摑む。

「どこだ⁉　早川から預かったものはどこにある⁉　殺されたくなかったらさっさと教えろ！」

「分かった！　渡すから殺さないでくれ！」

岳士が手を放すと男は振り返って積み上がっている古雑誌を漁りはじめる。その中から一際汚れた雑誌を取り出して開く。中には一冊のノートが挟まれていた。どこにでも売っていそうな、なんの変哲もない大学ノート。

男が差し出してきたノートを右手で受け取ると、左手が勝手に動き、それを開いた。

複雑な化学記号が目に飛び込んでくる。化学物質の生成法が記されていることは何となく伝わってくるが、難解な化学式と崩れた筆記体のアルファベットで埋め尽くされた細かい内容までは、化学が苦手な岳士には理解できなかった。

『これがレシピか……』

「海斗、お前、これが理解できるのか？」

『理解できるわけないだろ、こんな英語で書かれた超専門的な内容。けれど、ここを見ろよ』

海斗が指さした部分に書かれた筆記体の文字を、岳士は目を凝らして解読する。そこには、「Sapphire」と記され、赤いアンダーラインが引かれていた。

「サファイヤ⁉」声が裏返る。「じゃあ、このノートが……」

『そう、間違いなくサファイヤのレシピさ』

とうとう手に入れた。とうとう、錬金術師に対抗する切り札を。興奮で体が熱くなってくる。左手と話している自分を、ホームレスの男が不思議そうに見てくることも気にならなかった。

『さて、なにかこの中に、錬金術師のことが分かるようなヒントはないかな』

軽い口調で言いながら、海斗はページを捲《めく》っていく。しかし、最初の数ページに複雑な化学式等がぎっしりと書き込まれているだけで、それ以降の部分は白紙だった。

もっと時間をかけてここに記されている内容を解読すれば、なにかヒントがあるかもしれないが、少なくともここでは無理だ。岳士は顔を上げて、ホームレスの男を見る。

「このノートについて、早川はなにか言っていなかったか⁉　これを誰かに渡すとか」

「なんにも聞いてないよ。金を払うから、ノートをここに隠させろって頼まれただけだ」

『貴重なものっぽかったから、早川の遺体が見つかって警察に話を聞かれたときも、ノートのことは言わなかったんだろうね。このおじさんが欲深かったおかげで助かったよ。さて、目的のものも手に入ったし、そろそろおいとましようよ。予定通りに』

「ああ、そうだな。……予定通りにな」

岳士はノートを丸めて持つと、左手をゆっくり懐へと入れる。男の顔が恐怖と絶望に染まっていく。海斗は左手を懐から出すと、摑んでいるものを男の手に握らせる。

「脅してすみませんでした。これ、取っといて下さい」

一万円札を握りしめた男が目をしばたたかせている隙に段ボールハウスを出た岳士は、大学ノートを握りしめながら土手を駆け上がっていった。

前もって計画していた通り、河川敷から数百メートルの所にある私鉄の駅まで移動した岳士は、各駅停車に乗り込む。このまま終点である渋谷まで行き、そこで人込みに紛《まぎ》れる予定だった。そうすれば、ホームレスの男が通報したとしても、警察の追跡を逃れることができる。

空いている席に腰掛けた岳士は、手にしている大学ノート、サファイヤのレシピを開く。落ち着いて目を通していくが、やはり内容があまりにも専門的すぎて、まったく理解できなかった。

「なあ、レシピは手に入れたけど、本当にこれで錬金術師の正体が分かるのか？」

小声で訊ねるが、返事はなかった。岳士が「海斗？」と声を上げると、唐突に左肩まで『支配権』を奪われた。左手が勝手に動き、膝の上に置かれた大学ノートをせわしなく捲っていく。

「おい、海斗。いきなりどうしたんだよ？　ちょっと落ち着けって」

声をかけると、左手の動きがぴたりと止まった。

『……あった』

「あった？　なにがあったんだよ？」

『探していたヒントだよ。……錬金術師の正体が分かったかもしれない』

「本当か⁉」

声が跳ね上がる。近くの席で眠っていたサラリーマンが目を覚まし、非難の視線を向けてきた。首をすくめるように頭を下げた岳士は、声を押し殺して再び訊ねる。

「本当に錬金術師の正体が分かったのか？　いったい誰なんだ？」

『そうだな……』

考え込んでいるのか、左手がゆっくりと開いては閉じてをくり返す。

『このノートだけじゃ不十分だ。錬金術師の正体をあばくためには、もう一つ必要なものがある』

「なんだよ、それは？」

『早川の部屋の金庫に入っていたファイルさ。時間がないから詳しくは説明できないけど、あのファイルとこのノートを比較すれば、誰が錬金術師なのか分かるはずだ』

「ファイルって……。けど、あれは……」

『そう、川崎のマンションに置きっぱなしだよね。だから行く先を変更だ』

海斗は車内に貼られている路線図に記された「川崎」の文字を指さす。

『川崎に、僕たちの隠れ家だったあの部屋に戻るぞ』

3

「……本当に大丈夫なのかよ？」

電柱の陰から辺りを窺《うかが》いながら、岳士は小声で訊ねる。数十メートル先には、岳士たちが長い間隠れ家として使っていたマンションが建っていた。

『ああ、多分ね』

「多分ってお前、この前言っていたじゃないか。もうあのマンションには戻れないって」

『僕たちが偽名を使っていたことが、番田にばれたからね。その情報が早川殺しの捜査本部にまで上がって、あのマンションを借りていたことが突き止められていると思ったんだ。けれど、よくよく考えてみると、そうとは限らないんだよね』

「どういうことだよ。分かり易く説明してくれ」岳士は右手でこめかみを押さえる。

『番田は手柄を独り占めするために、単独行動で僕たちを逮捕しようとして失敗した。これって、かなり大きなミスだと思うんだ。もし、僕たちが早川殺しの容疑者だと気づいた時点で報告を上げて、大量の捜査員を動員しておけば、間違いなく逮捕できていたんだからさ』

「つまり、番田はまだ俺たちのことを捜査本部に報告していないってことか？」

『その可能性が高いんじゃないかな。報告を上げたら、処分される。あの刑事さんの性格を考えたら、僕たちの情報をまだ独占して、巻き返そうとしていると思う』

「けれど、番田があのマンションを見張っているかもしれないぞ」

『ここは神奈川県だ。番田と会っていた六本木からは離れてる。いくら僕たちの使っていた偽名から調べても、あのマンションまでは、一人ではたどり着けないんじゃないかな』

「でも、絶対じゃないだろ。番田が近くで見張っているかもしれないし、反省したあいつが捜査本部に情報提供をして、捜査員が何人も辺りにいるかもしれない」

話しているうちに緊張してきて、岳士は軽く身を震わせた。

『ああ、絶対じゃない。けれど、分の悪い賭けじゃないと思うよ。部屋にあるファイルさえ見れば錬金術師の正体が分かって、容疑を晴らすことが出来るんだからね』

「……間違いないのか？　本当にあのファイルを見たら、錬金術師の正体が分かるのか？」

『ああ、間違いない』

海斗が力強く言うのを聞いて、岳士は唇を舐める。覚悟は決まった。

「分かった、行こう」

『そう来なくっちゃ。さて、そろそろ時間だな』

海斗が左手の甲を向ける。腕時計の針は、午後十時四十分過ぎを指していた。岳士はマンションに視線を向ける。ここからは玄関扉が並んでいる外廊下が見えた。そのとき、一つの扉が開き、中から若い女性が姿を現す。心臓が大きく跳ねた。

「彩夏さん……」

無意識に口からその名前が零れる。

玄関の鍵を閉めた彩夏は、小走りで外廊下を進み、エレベーターへと乗り込んだ。

『よし、予定通りだ。あと二、三分待ってから行くぞ』

「なあ、わざわざ彩夏さんを騙《だま》す必要なんかあったのか？」

　ここに来る前、岳士は約十日ぶりにスマートフォンの電源を入れた。久しぶりに生命を吹き込まれたスマートフォンは、何十通ものメールを受信した。そのほとんどが彩夏からの連絡で、「どこにいるの？」「すぐに会いたい！」「無事かどうかだけでも教えて！」という内容だった。それを見て、強い罪悪感をおぼえつつ、岳士は海斗に指示され、彼女にメールを送った。午後十一時にマンションから数百メートルの所にあるファミリーレストランで会いたいと。

『当たり前だろ。あのお姉さん、お前に異常なほど執着しているからな。もし部屋に帰ったら、すぐに物音に気付いて飛び込んでくるぞ』

「……べつに、彩夏さんに会っても問題ないだろ」

　愚痴るようにつぶやくと、左手首がぐるりと回って掌《てのひら》を向けてくる。海斗に睨まれているような心地になり、岳士は目を逸らした。

『まだそんなこと言っているのかよ。いいかい、これからの行動に僕たちの人生がかかっているんだぞ。あのお姉さんに会ったら、お前は動揺して作戦どころじゃなくなるだろ』

「べつにそうとは……」

『それに、僕たちはもの凄く危険な状況にいるんだ。あのお姉さんを巻き込みたいのか』

「いや、それは……」

『嫌だろ。あのお姉さんが大切なら、いまはまずこの作戦に集中するんだ。そして殺人の容疑を晴らしてから、あらためて会って全てを説明するんだよ。分かったな？』

「……分かった。ああ、分かったよ」

岳士は力強く頷く。海斗の言うとおりだ。まずは錬金術師の正体を暴き、身に降りかかった冤罪を晴らすことに集中しよう。……彼女のためにも。

『それじゃあ、行くぞ』

海斗に促された岳士は、電柱の陰を出て慎重に進んでいく。マンションの裏手に近づいた岳士は、二メートルほどのブロック塀を乗り越え、駐輪場から非常階段を上っていく。

「警察は来てないよな？」

四階と五階の間にある踊り場で足を止めた岳士は、辺りを見回した。

『ああ、いまのところその気配はないね。行くぞ』

岳士は階段を駆け上がり、身を低くして外廊下を自室の玄関前まで移動する。慎重に鍵を開け、扉の隙間に滑り込むと、靴を履いたまま廊下を抜けて部屋に入った。外からの光がわずかに差し込むだけの薄暗い部屋の中、岳士は机へと近づき、一番下の抽斗《ひきだし》を開ける。

そこには早川の部屋の金庫から取り出したファイルが入っていた。手を伸ばしかけた岳士の体が硬直する。ファイルのそばでかすかに煌《きら》めく、蒼い色を見て。

サファイヤ。あの蒼い液体で満たされた容器が一つだけ、その抽斗に紛れ込んでいた。呼吸が荒くなっていく。指先が震える。サファイヤを飲んだときの快感が蘇《よみがえ》る。禁断症状が消え、サファイヤの奴隷から解放されたと思っていた。しかし、一度味わったあの悦楽の記憶は、脳の奥底に染みつき、決して消えることがないと思い知らされる。

いつの間にか口の中がカラカラに乾いていた。喉がゴクリと鳴る。

ダメだ！　なんのためにあの地獄のような時間を過ごしたんだ！　歯を食いしばった岳士は強引にサファイヤから視線を剥がすと、ファイルを取り出し、勢いよく抽斗を閉めた。

「これのどこを見ればいいんだ？」

必死に心を落ち着かせながら小声で訊ねるが、なぜか海斗は返事をしなかった。

「おい、聞いているのかよ。これのどこに錬金術師の正体が書いてあるんだ？」

『……ないよ』

海斗はぼそりとつぶやいた。

「は？　なに言っているんだよ」

『だからさ、そのファイルに錬金術師の正体なんか書いてないんだよ。全部、お前をここに連れてくるためのでまかせさ』

「な、なにを……？」

抑揚のない海斗の口調に不吉な予感が膨らんでいく。

『そのファイルはいらないから、いますぐにベランダに出て隣の部屋に忍び込むんだ』

「隣の部屋って、……彩夏さんの？」

『そうだよ、そのためにわざわざあのお姉さんを嘘のメールで誘い出したんだからな』

「なんで……、なんでそんなことを……？」

再び息が乱れはじめた岳士の顔に、左手が近づいてくる。

『そんなの決まっているじゃないか』

海斗は岳士の鼻先を軽く指ではじいた。

『あのお姉さんこそが錬金術師、早川を殺した真犯人だからだよ』


「なに言っているんだよ……、お前……」

声が震える。なにを言われたか理解できなかった。

『だからさ、あのお姉さんが錬金術師、サファイヤの製造者にして早川を殺した黒幕だ』

「そんなわけないだろ！」

怒声を発すると、左手が顔の前にかざされる。からかうように五指がひらひらと動いた。

『なんで、そんなわけないって言い切れるんだい？』

「なんでって……」

沸騰《ふっとう》している頭を必死に冷まして思考を巡らせた岳士は、はっと顔を上げた。

「錬金術師が隣の部屋に住んでいたなんていう偶然、あるわけがない！ そうだろ⁉」

『あのなあ』

海斗は呆れ声で言う。

『偶然のわけがないだろ。早川の部屋から僕たちが持ち出したパソコン。あれにはGPS発信機がつけられていた。あのお姉さんは、僕たちがここに住みついたことを確認してから、隣の部屋に引っ越してきたんだよ。僕たちに接触して、サファイヤのレシピを取り返すためにね』

「いや、それはおかしいだろ。彩夏さんは俺たちがこの部屋に来る前から、隣に住んでいたんだぞ。やっぱり彩夏さんは錬金術師なんてわけがないんだ！」

論理の破綻を指摘された海斗は、『違うよ』と低く押し殺した声でつぶやく。

「違う？」

『あのお姉さんは前から隣の部屋に住んでいたんじゃない。僕たちのあとにやって来たんだ』

「そんなわけ……」

岳士は記憶を探る。このマンションにやって来た日、壁越しに響いて来た嬌声《きょうせい》が耳に蘇る。これまで、あの日のことを思い出すと、嫉妬で頭に血が上っていた。けれど、今日は顔から血の気が引いていく気がした。

『気づいたかい。最初にここに来た日、隣から聞こえてきたのはあのお姉さんの声じゃなかったんだよ。あの日、隣に住んでいたのは全然違う人だったんだ』

「そんな……じゃあ、誰が……？」

岳士は弱々しくつぶやく。

『最初の日、やけに日焼けした若い男を見ただろ。きっとあいつが住んでいたのさ』

エレベーターを降りたとき、若い男とすれ違った光景がフラッシュバックした。

『この階ですれ違ったということは、あの男はこの階のどこかに住んでいた可能性が高い。けれど、最初の日以来、あの男を見ていないよね。あんなに目立つ外見をしているのにさ』

左手の人差し指がぴょこんと立つ。

『つまり、最初の日、ようやく隠れ家を見つけて安堵したお前が爆睡している間に、あの男は引っ越していったんだよ』

「なんで急に引っ越したりしたんだよ？」

岳士は早口で訊ねる。答えは分かっていた。それでも訊ねずにはいられなかった。

『僕たちがここに住みついたことを知ったお姉さんに追い出された……、というより、喜んで自分から出て行ったんだろうね。きっとお姉さんは部屋から出て行くかわりに、大金を渡しただろうから。サファイヤで大儲けしているお姉さんにとっては、はした金さ』

言葉を切った海斗は硬直している岳士の顔の前で、左手を一度開閉した。

『隣の部屋を買い取った翌日、あのお姉さんはいかにも前から住んでいましたという感じで、僕たちと顔を合わせたのさ。さらに一芝居うって、恋人から暴力を受けているふりをして、僕たちに近づこうとしたわけだ。お人好しのお前は、まんまとそれにのせられたんだよ』

「なら、あのときの男も……」

いまにも崩れ落ちてしまいそうな脱力感をおぼえながら、岳士はかすれ声を出す。

『ああ、偽物だね。金で雇ったのか、それともスネークのボスにでも頼んで、適当な男を見繕《みつくろ》ってもらったのか分からないけれどさ』

「全部嘘だったっていうのかよ……。あんなに俺のことを……」

『愛してくれていると思ったのに、かい？』

小馬鹿にするような海斗のセリフに、岳士は右手の拳《こぶし》を握りしめることしかできなかった。

『いやあ、あながち全部嘘だとは思わないけれどね』

岳士は「え⁉」と顔を上げる。

『だってさ、傍目から見てあのお姉さんのお前に対する態度、尋常じゃなかったよ。あれは演技なんかじゃないと思うんだ。そもそも、そんな演技をする必要がないんだよ。お前はあのお姉さんの大人の魅力にメロメロになっていたんだからさ』

「じゃあ、どういうことになるんだよ？」岳士は混乱する頭を右手で押さえる。

『最初はサファイヤのレシピを奪うために近づいてきたんだとは思うよ、そしてあの色気でまんまとお前を虜《とりこ》にした。けれどね、お前と付き合っていくうちにあのお姉さんも、お前に引きつけられていったんだと思う』

「俺に引きつけられて？」

『そうだよ。あのお姉さんが弟を亡くしているのは本当だと思うんだよね。すごく大切な弟を事故で亡くして、生きる希望を失ってしまった。これまでの話からすると、サファイヤを作りはじめたのも、そのせいじゃないのかな？　あのお姉さん、もともと大学で化学を専攻していたって言っていたじゃないか。たぶんその知識を総動員して、絶望で耐えがたい現実を忘れさせてくれるクスリを作ったんだよ』

「それが、……サファイヤ」

蒼く輝く液体を飲んだときの快感を体が、心が思い出し、岳士の喉がごくりと鳴る。

『そう。思いのほか効果が強くて、さらに依存性まであったから個人で使うだけじゃなくて、スネークみたいな組織を通じて世間にもばらまいた。弟の死で完全に壊れていたあのお姉さんに、普通の倫理観なんて意味なくなっていただろうからさ。あのクスリのせいでぼろぼろになる人のことなんて、気にならなかったんだろ』

サファイヤの奴隷と化し、ビルの屋上から飛びおりた少女の笑顔が脳裏をよぎる。

『まあなんにしろ、人格が壊れるほど、お姉さんにとって弟の死はショックだったんだ。けれど、そこにお前が現れた。亡くなった弟にどこか似た雰囲気があるお前がさ。もちろん、だからって最初からお前と弟を重ねて見ていたわけじゃないだろう。けれど、お前と長い時間一緒にいるうちに、だんだんあのお姉さんの中で、お前と弟の境界が曖昧《あいまい》になっていったんだよ。あのお姉さんは弟を失ってから、ずっとその代用品を探していたんだよ』

代用品。その言葉に胸を抉《えぐ》られると同時に、頭の中で記憶が弾ける。

「……タカ……シ」

最後に彩夏と体を重ねたとき、絶頂に達した瞬間、彼女はそうつぶやいた。あのときは過去の恋人の名前だと思い、燃え上がるような嫉妬にかられた。けれど、もしかしたら彼女が呼んだのは、死んだ弟の名前だったのではないだろうか。全身に鳥肌が立つ。

『最初から、あのお姉さんは壊れていたのさ。きっとだからこそ、お前はあそこまで彼女に惹《ひ》かれた。なんのことはない、壊れたもの同士が傷をなめ合い、依存し合っていたんだよ。けれど、お姉さんの方が一枚上手《うわて》だった。サファイヤと自分の身体、持っている武器を使ってお前を完全に支配下に置いた。死んだ弟の身代わりとしてずっと自分のそばに飾って……』

「うるさい！　黙れ！」

岳士は右拳を壁に叩きつける。鈍い音とともに壁に穴が開き、中の断熱材が露わになる。

『ああ、脆《もろ》い壁だね。これじゃあ退去するとき、かなり修理費取られるよ』

のんきな海斗のセリフが、さらに神経を逆なでする。

「黙れって言ってるだろ！」

『誰に対してそんなに怒っているんだい？　つらい真実を指摘した僕に対して？　お前をずっと騙していたお姉さんに対して？　それとも、なにも気づかずに、サファイヤとお姉さんの身体に溺《おぼ》れていた自分自身に対して？』

岳士は乱暴に右手で頭を掻く。爪が頭皮を破り指先にぬるりとした感触が走る。しかし、それでも手の動きを止めることができなかった。

数十秒後、ようやく頭を掻くのを止めた岳士は、血で濡れた右手で左手首を摑んだ。

「……全部でたらめだ。……彩夏さんから俺を引き離したいお前が考えた作り話だ」

『たしかに僕はお前たちを引き離したいと思っているよ。けれど、いまのは作り話なんかじゃない。間違いなくあのお姉さんは錬金術師、僕たちが追っていた早川殺しの真犯人だよ』

「なんでそう言い切れる⁉　どこに証拠があるっていうんだ？」

岳士が唾を飛ばして叫ぶと、海斗はどこか得意げに立てた人差し指を左右に振った。

『筆跡さ』

「筆跡？」

意味が分からず、岳士は聞き返す。

『そう、サファイヤのレシピに書かれていた文字になんか見覚えがある気がしたんだよね。必死に思い出して気づいたよ。あのお姉さんの文字そのものだってね』

「彩夏さんの文字？　そんなもの見たことないはずだろ」

『いいや、あるよ。お前があのお姉さんの部屋に行ったとき、冷蔵庫の扉にメモが貼られていた。それと、サファイヤのレシピに書かれていた文字が瓜二つだったんだよ。かなり癖のある字だから、間違いない』

「そんなもの見た覚えがないぞ。適当なこと言うな！」

『適当じゃないよ。お前も見てはいるはずさ。僕はお前の目を通して世界を見ているんだからね。ただ、僕とお前とじゃ、意識して見る箇所が違っていた。人間っていうのは脳の負担を減らすために、入ってきた視覚情報のごく一部しか認識していないらしいからね』

「そうやって煙に巻こうとしているんだろ。自分で見ない限り、俺は絶対に信じないからな！」

『じゃあ見に行こうよ』

海斗が軽い口調で言ったそのセリフに、岳士は「……は？」と、間の抜けた声を漏らす。右手の力が抜け、左手首を放してしまう。

『なんのためにここに来たと思っているんだい？　いまから隣の部屋に忍び込んで確認するんだよ。本当にあのお姉さんが錬金術師なのかどうかをね。もしかしたら、早川殺しの証拠も見つかるかもしれないしさ。ほら、行くよ』

「ちょ、ちょっと待ってくれ」

促された岳士が狼狽《ろうばい》していると、左手の指が額を軽くはじいた。

『そんな時間はない！　隣の部屋さえ調べれば、お姉さんが錬金術師かどうかはっきりするだろ。それとも、真実を知るのが怖いのかい？』

そうだ、俺は怖いんだ。岳士は自分の気持ちに気付く。彩夏との甘い時間、二人の間に生まれた固い絆、それらがすべて偽物だったのかもしれない。その可能性に怯《おび》えているんだ。

岳士はふらふらと玄関に向かって歩きはじめる。しかし、すぐに背後から引っ張られバランスを崩した。見ると、左手が本棚をつかんで、どこにも行けないようにしていた。

「……放してくれ」

岳士は弱々しい声でつぶやく。

『だめだね。これは最後のチャンスなんだよ。あのお姉さんが錬金術師だってことさえ証明できれば、きっと早川殺しの容疑を晴らすことができる。千載一遇のこの好機を逃すわけにはいかない。分かったらすぐに行くぞ』

促されるが、岳士は動くことができなかった。海斗のため息をつくような音が聞こえる。

『なあ、あのお姉さんが錬金術師じゃないっていう可能性だって、まだ十分にあるんだぞ』

「えっ⁉」

岳士は勢いよく顔を上げた。

『お前が言う通り、僕はあのお姉さんが嫌いだ。あのお姉さんといたら、お前がボロボロになるからね。僕のそんな気持ちが、サファイヤのレシピの文字とお姉さんの筆跡が同じだって勘違いさせたのかもしれない。記憶っていうものは、簡単に改竄《かいざん》されるものだからね』

「どういうことだよ⁉　それじゃあ、彩夏さんは錬金術師じゃないのか？」

勢い込んで訊ねる岳士の鼻先に、海斗は人差し指を突き付けた。

『だから、それに白黒つけて、前に進むために隣の部屋を調べるんだよ』

「前に進むため……」

岳士がその言葉をくり返すと、海斗は頷くように左手首を曲げた。

ゆっくりと振り向いた岳士は、緩慢な足取りでベランダへと近づいていく。窓を開けてベランダに出ると、左手の指先まで感覚が戻ってきた。海斗が『支配権』を譲ってくれたらしい。

『落ちたらひとたまりもないから、慎重にな』

頷いた岳士は、おそるおそるベランダの手すりに足をかけて身を乗り出す。ベランダ同士を隔てる薄い壁を摑んで慎重に手すりの上を移動し、なんとか隣の部屋のベランダへと移動した岳士は、一息つきつつ窓に手をかける。しかし、中から鍵がかかっていて開かなかった。

突然、左肩から先の感覚が消え去る。次の瞬間、左腕が素早く動き、肘をガラス窓へと叩きつけた。大きな音とともにガラスが割れ、窓に穴が開く。

『つっ、ちょっと怪我しちゃったな。ジャケット着ているから大丈夫だと思ったんだけど』

「な、なにやっているんだよ？」

『なにって見れば分かるだろ。鍵がかかっているから、窓を割ったんだよ。これで開くよ』

海斗は肘打ちで開けたガラスの穴に左手を差し込み、クレセント錠を外して窓を開いた。

『早く入りなよ。ああ、靴は脱ぐなよ。ガラスの破片で足を切らないようにね』

「入りなよって、お前。なに考えているんだよ？」

『僕たちはどんなことをしても、早川殺しの容疑を晴らさないといけないんだ。そうしないと、身の破滅なんだからね。窓ぐらい割るのは当然だろ。分かったら、さっさと入れよ！』

いつになく強い口調で言う海斗に反論できず、岳士はカーテンを手で避けて室内へと入った。

何度も訪れた彩夏の部屋。この部屋での記憶が蘇り、胸に鋭い痛みが走る。

あの人が錬金術師のわけがない。それを確認するんだ。

岳士が右手を胸元に当てていると、左手の人差し指が玄関へと続く廊下を指さす。

『ほら、あの冷蔵庫に貼ってあるメモだよ。さっさと確認するぞ。いつ、僕たちにおびき出されたことに気づいたあのお姉さん、つまりは錬金術師が戻って来ないとも限らないからね』

「彩夏さんは錬金術師なんかじゃない！」

反射的に岳士が怒鳴る。

『だとしたら、それを証明するためにも早く確認しなって』

小さく頷いた岳士は、絨毯《じゅうたん》を土足のままゆっくりと歩いて近づいていく。冷蔵庫との距離が縮まるにつれ、心臓の鼓動が痛みをおぼえるほどに加速していった。

キッチンに備え付けられている小型の冷蔵庫の前までやって来ると、岳士はしゃがんでその扉を見る。海斗の言うとおり、そこにはメモ用紙が貼り付けられていた。

「牛乳　５００㎖　２本　玉ねぎ１個」「電話料金　28日まで」「０９０−８２……」

買い物や料金の振り込み、それにいくつかの電話番号などのメモが並んでいた。

『ほら、やっぱりレシピに書かれていた文字にそっくりだろ。特に数字』

言われて岳士はサファイヤのレシピに書かれていた文字を思い起こす。原本は念のため、駅のコインロッカーに預けてきていた。

たしかに言われてみれば似ている気がする。でも……。

「これじゃあ、絶対に同じ人が書いたものって断言はできないだろ」

『よく見ろって』

海斗はメモの一部を指さした。

『この数字の8を見ろよ。特徴的だろ。かなり傾いているし、上の丸より下の丸の方が小さい。絶対に同じ人間が書いたものだよ』

「お前は彩夏さんが錬金術師だと思い込みたいから、そう見えているだけだ」

『違う！　間違いなく同じ人が書いたものだよ。お前こそ、あのお姉さんが錬金術師じゃないって思い込もうと、同じ人の文字だって気づいているのに目を逸らしているんだろ』

そうなのだろうか？　岳士は自問する。そうかもしれないし、そうじゃないかもしれない。

自分と海斗、どちらがより客観的に、より冷静に状況を把握しているのだろう？

岳士がなにも答えないことに業を煮やしたのか、左手が乱暴に振られる。

『分かった。これを見てもまだあのお姉さんが錬金術師だって信じられないっていうなら、家探しをしよう。もっと直接的な証拠が見つかるかもしれないからね』

「彩夏さんの私物を調べるつもりかよ⁉」

『なにか問題でもあるか？　いまや、あのお姉さんは早川殺しの重要な容疑者なんだぞ。調べるのが当然だろ。まずはデスクの抽斗からだ。ほら、急げって！』

「あ、ああ……」

海斗の勢いに気圧《けお》された岳士は、部屋に戻るとデスクの前まで移動する。左手が勝手に動き、次々と抽斗を開けていく。中には文房具などの日用品、アクセサリー、備え付けの家具の使用説明書、そしていくつかの契約書等が詰め込まれていた。

『下の段も開けたいから跪《ひざまず》いて』

立ち尽くしていると、海斗の鋭い指示が飛んできた。岳士は言われた通りにその場に膝をついた。左手が一番下の段の抽斗を開け、その中に詰まっている書類を次々に取り出していく。

『あっ！』

唐突に上がった海斗の声に、岳士は身を震わせる。

「……なんだよ。でかい声出して」

『これを見なよ』

海斗は手に持っていた書類を絨毯の上に置く。それはこのウィークリーマンションの賃貸契約書だった。海斗は書類の下の部分を指さす。そこには入居者のサインが崩れた文字で書かれていた。「田中浩平」と。

『やっぱり、僕の想像が正しかったね。この部屋はあのお姉さんが契約したものじゃない』

海斗の言葉を聞きつつ、岳士は書類を見つめ続ける。

『さて、あのお姉さんが錬金術師だっていう可能性は高くなった。けれど、まだ決定打じゃない。もっとはっきりしたもの、あのお姉さんが早川殺しの真犯人だって断定できるような証拠が欲しいね。抽斗の中にはもう目ぼしいものはなさそうだから、次はあっちかな』

左手は部屋の隅、ベッドの奥にあるクローゼットを指さした。

『ずっとあそこが怪しかったんだよね。お前がいるとき、一度もあそこを開けなかったからさ。ほら、なに呆けているんだよ。行くぞ』

反論する気力など残っていなかった。岳士は立ち上がり、ふらふらとクローゼットに近づいていく。雲の上を歩いているかのように足元がおぼつかなかった。サファイヤを飲んだときのように現実感が消えている。しかし、あの蒼い液体に溺れているときの恍《こう》惚《こつ》感は微塵《みじん》も感じてはいなかった。心臓を握りつぶされているかのような痛みと息苦しさに苛まれていた。

クローゼットの前までやって来ると、左手が伸びて乱暴に引き戸を開く。ハンガーにかけられた上着がいくつも垂れ下がり、その下には箪笥《たんす》やプラスチック製の収納ケース。そして小さな本棚などが並んでいた。

『難しそうな本が並んでいるね。英語の専門書か。有機化学についてのものみたいだね』

左手で背表紙を撫《な》でながら海斗はつぶやく。

『部屋に備え付けの本棚もあるのに、この手の専門書だけクローゼットの中に入れているのは、錬金術師であることを隠すためかな。さて、思ったより調べるものが多そうだな。もういつあのお姉さんが戻って来るか分からないし、ここは急がないとな』

次の瞬間、左半身の感覚が一気に消えた。顔面も正中線から左の感覚がなくなる。

『悪いけど左側は使わせてもらうよ』

左手が素早く動き、箪笥の抽斗を上から順に開けていく。それとともに、左の眼球が動き、開いた抽斗に視線を送った。

右目と左目が全く違う動きをしているので視界が歪む。吐き気をおぼえた岳士は、慌てて意識を右目の視野だけに集中しつつ、戦慄をおぼえていた。まさか左目まで海斗の『支配権』が及ぶようになっているとは。右半身と左半身、お互いに同じだけの領域の『支配権』を分け合っている状態になっている。これじゃあ、どっちがこの身体の持ち主なのか分からない。

『あっ！』海斗の声が響いた。『岳士、これ！』

岳士が緩慢に右目を動かして見ると、左手が一番下の抽斗を開けていた。中には、カラフルな下着が詰め込まれている。

「おい、海斗。なにふざけているんだよ！」

『違う違う』

海斗は左手を振る。

『下着の奥に隠されているものだよ』

「奥に？」

目を凝《こ》らすと、左手でかき分けられた下着の奥に手のひらサイズの小さな手帳が置かれていた。海斗が取り出したそれを見て、岳士は息を呑む。その手帳は端の部分が汚れていた。おそらくは血液によって。

『結構しっかり血がついているな。間違いなく早川の血だろうね』

海斗は片手で器用に手帳を開いていく。中にはいくつもの化学式や、連絡先のメモらしきものが走り書きされていた。化学式の書かれているページを見て、岳士は唇を噛む。それは、明らかにサファイヤのレシピに書かれていた文字と同じ筆跡だった。

『早川の血が付いた手帳がここにあるということは……』

海斗は人差し指を額に当てて十数秒黙り込んだあと、指を鳴らした。

『たぶん、早川はサファイヤのレシピが書かれた大学ノートだけじゃなく、この手帳も手に入れていたんだろうね。そして、錬金術師との交渉の際、レシピをあのホームレスに預けて、この手帳だけ持っていったんだ。けれど、錬金術師は隙をついて早川を刺し殺して手帳を回収した。そして、取り返せなかったサファイヤのレシピをずっと探し続けている』

そこで一呼吸置いたあと、海斗は低く押し殺した声で言う。

『それが錬金術師、つまりはあのお姉さんがやったことだよ』

もはや反論などできなかった。できるはずがなかった。彩夏が錬金術師、ずっと追っていた早川殺しの真犯人だった。自分はずっと騙されていた。弄《もてあそ》ばれていただけだった。気を抜けば崩れ落ちそうなほどの虚脱感が胸に広がっていく。

『さて、これであのお姉さんが黒幕だっていうことははっきりした。あとはどうやって、そのことを警察に知らせて、僕たちの容疑を晴らすか……』

海斗がそこまで言ったとき、扉が開く音が響いた。振り返ると、玄関へと続く廊下から彩夏が姿を現した。気怠《けだる》そうに髪をかき上げた彼女は岳士に気づき、小さく悲鳴を上げる。

「岳士君……。なんで……？」

岳士はうつむいたまま、焦点の定まらない瞳で彩夏を見据える。

トイレの個室に監禁され、サファイヤの禁断症状に地獄の苦痛を味わった十日間、ずっと彩夏のことを考えていた。彼女にもう一度会いたい。その想いが、何度も折れかけ、生きることを放棄しかけた心をかろうじて支えてくれた。

彩夏の姿を見た瞬間、体の奥底から歓びが湧き上がってきた。しかし、その感情はすぐに、激しい怒りの炎により焼き尽くされてしまう。

「岳士……君……？」

不安げに彩夏が近づいてくる。岳士の唇がかすかに開き、舌がその言葉を紡《つむ》いだ。

「錬金術師……」

雷に打たれたかのように彩夏の体が震えた。彼女の端整な顔からみるみる血の気が引いていくのを、岳士は呆然と眺める。

この期に及んでもまだ、かすかに期待していた。すべてがなにかの間違いではないかと。彩夏は純粋に自分を愛してくれていたのだと。しかし、美しく精巧なガラス細工のようなその願いは、脆く砕け散った。彩夏の態度、それが如実に物語っていた。彼女こそが錬金術師だと。

「ずっと……騙していたのかよ。……全部、嘘だったのかよ」

食いしばった歯の隙間から、岳士は震える声を絞り出す。

「違う！　そうじゃないの！」

一歩足を踏み出した彩夏は、刃物のように鋭い岳士の視線に射貫かれて動きを止める。

「なにが、そうじゃないって言うんだよ？　あんたがサファイヤを作った張本人なんだろ⁉」

彩夏の顔が、動揺でいびつに歪んでいった。

「答えろよ！　あんたが錬金術師なんだろ⁉」

岳士の怒鳴り声に、彩夏は殴られたかのように身をすくめると、おずおずと唇を開く。

「……そう。私が錬金術師……。私がサファイヤを作っていたの……」

弱々しい彩夏の告白に、岳士は固く目を閉じた。

「俺に近づいたのは、……サファイヤのレシピを取り返すためだったのかよ。俺はずっと、彩夏さんのことを……」

それ以上、言葉が続かなかった。

「違う！……ううん、たしかに最初はレシピのためだった。けど、あなたと一緒にいるうち、そんなこと関係なくなった！　本当にあなたのそばにいたいと思うようになったの！」

「そばにいたい？」

岳士は瞼を上げる。

「そばに置くために、俺をサファイヤ漬けにしようとしたっていうのかよ。違うだろ、俺を奴隷にしたかっただけだ。サファイヤのレシピのありかを吐かせるためにな。全部、嘘だったんだ！」

彩夏との思い出が、走馬灯のように頭をよぎっていく。身を裂くような苦痛とともに。

「そうじゃない！　もう、あなたさえいれば、私はなにもいらなかった！　サファイヤのレシピなんてどうでもよくなっていたの！　あなたさえいれば……」

彩夏は助けを求めるかのように手を伸ばしてくる。しかし、岳士はその手を振り払った。

「触るな。……人殺し」

切れ長の彩夏の目が大きく見開かれる。伸ばしていた彼女の手が、だらりと垂れ下がった。

「殺人犯の言うことなんて信用できるわけがないだろ。隙を見て俺も殺すつもりかよ」

「……違う」

彩夏の震える唇がかすかに動く。

「違う？　なにが違うって言うんだよ？　いまさら自分が錬金術師じゃないとでも言うのか？　サファイヤのレシピを早川に盗まれて、あの河川敷で取引するはずだったんだろ⁉」

「……いいえ、私は錬金術師で、あの早川っていう男にサファイヤのレシピを盗まれた」

彩夏は抑揚のない口調で話しはじめる。

「サファイヤの流通ルートを調べていたあの男は、原料のドラッグを追って、その頃、私が使っていた郊外にある廃ビルまでたどり着いた。そうして、私が錬金術師だって調べ上げた」

『早川は僕たちと同じ方法で、サファイヤの製造所までたどり着いていたみたいだね』

海斗のつぶやきを聞きながら、岳士は手帳を掲げた。

「そして、早川はその部屋に忍び込んで、サファイヤのレシピとこの手帳を盗み出し、あんたを脅迫したんだろ。レシピを返してほしければ金を払えってな」

彩夏はなにも答えない。かまわず岳士は言葉を続けた。

「早川は相手が女だから油断していたんだろうな。けど、あんたは大人しく金を渡すようなタマじゃなかった。サファイヤのレシピのコピーを取られているかもしれないし、そもそも早川には自分が錬金術師だと知られている。早川が生きている限り危険は消えない。だから……」

『そう、だから……』

「早川を殺した」『早川を殺した』

岳士と海斗の言葉が重なった。

彩夏は銃弾に撃たれたかのように体を震わせると、二、三歩後方によろける。

「けれど、早川の遺体からはサファイヤのレシピは見つからなかった。そして、俺がレシピを手に入れたと思ったあんたは、サファイヤと自分の体を武器にして俺に近づいた。俺をサファイヤの奴隷にして操れば、レシピも取り戻せるし、早川殺しのスケープゴートにもできると思ったんだろ。全部、保身のためのでまかせだったんだ！」

岳士はそばにあったデスクに右の拳を叩きつける。重く、大きな音が響き、彩夏は首をすくめた。

「ね、ねえ、お願い……。話を聞いて……」

彩夏の顔に浮かんだ媚《こ》びるような引きつった笑みを見て、胸がむかついてくる。

「人殺しの話なんて聞いて、なんになるっていうんだよ！」

「こ、殺していない……」

喘《あえ》ぐように彩夏は言う。

「私は……誰も殺してなんかいない」

「なに言っているんだよ⁉　あんた、自分が錬金術師だって認めただろ！」

「たしかに、私はあの男に脅されて河川敷に行った。けれど、私が着いたときにはもうあの男は殺されていて、それを見てすぐに逃げたの」

『はぁ？　なにを言い出しちゃってんの、このお姉さん？』

海斗が呆れ声を上げるなか、彩夏は熱に浮かされたような口調で話し続ける。

「そう、私は誰も殺していない。だから私の話を聞いて……」

ふらふらと近づいて来た彩夏は、「近づくな！」という岳士の怒声に動きを止めた。

「そんなの信じられるわけがないだろ！　あんたが早川を殺したんだ！」

「お願い、信じて！　お願いだから……」

涙で濡れた瞳が、岳士を捉える。

『岳士、もう騙されるなよ。この人は早川を殺して、僕たちに罪をなすりつけた張本人だ』

心の重心が揺れるのをおぼえつつ、岳士は小さくあごを引いた。

「ねえ、お願い。どこにも行かないで。私を置いていかないでよ。あなたがいないとダメなの。もう、私を一人にしないで……」

抑揚のない口調で囁きながら、彩夏は再び距離を詰めてくる。目から溢れた涙で、メイクが崩れている。その弱々しく、痛々しい姿から目を離すことが出来なかった。

「ねえ、お願い。……タカシ」

「近づくな！」

両手を伸ばして縋《すが》りついてきた彩夏を、岳士は乱暴に振り払う。そうしないと、彼女を抱きしめてしまいそうだった。

大きくバランスを崩した彩夏は壁に体をぶつけると、そのまま崩れ落ちていく。壁に体を預け、気を失ったようにうなだれる彼女に、岳士は思わず右手を伸ばしかけた。

『逃げるぞ！』

海斗の声に、右手の動きが止まる。

「え？　逃げる？」

『この人が早川殺しの犯人だって分かっても、まだ証明する方法がない。ここでもめて、警察がやってきたりしたら、殺人の容疑がかかったまま逮捕される。真犯人を見つけるっていう目的を達したんだから、いったん退いて、この人を警察に告発する方法を考えるんだよ』

「けれど……」

それで本当にいいのだろうか？　戸惑いつつ、岳士は左手と彩夏の間で視線を彷徨《さまよ》わせる。

『いいからすぐに逃げるんだ！　騒ぎに気付いた住人に通報されたりしないうちに！』

強い口調で言われ、岳士は「わ、分かった」と返事をして踵《きびす》を返した。迷ったときは海斗の判断に従う。その原則が岳士の体を突き動かしていた。

玄関扉を開けて外廊下に飛び出す。

部屋の中からかすかに響いてくる、どこまでも悲痛な慟哭《どうこく》が、扉が閉まる音にかき消された。

4

『おーい、生きてるかい？』

聞こえてくる海斗の声を、岳士は黙殺する。

『あんまり横になっていると、関節が錆《さ》びついちゃうぞ』

「……うるさい」

ソファーに横になり、目元を右腕で覆《おお》ったまま、岳士はかすれ声でつぶやいた。

『お、返事したね。ああ、よかった。あんまり反応がないから、死んじゃったかと思ったよ』

「……俺が死んだら、お前も一緒に死ぬはずだろ」

『ああ、たぶんそうだね。それとも、もしかしたら僕がこの身体を引き継ぐことになるのかな』

身体を引き継ぐ。海斗にこの身体を支配される。

海斗の口調はあくまで軽かったが、恐怖で身震いしてしまう。

『さて、冗談はこれくらいにして、そろそろ今後のことを話し合おうよ』

岳士は右腕を目元から離す。薄暗い部屋の中、シャンデリアのぶら下がった天井が見えた。

取り壊し予定のビルの地下にあるバー。彩夏の部屋を飛び出した岳士は、海斗に十日間監禁されたこのバーに戻り、数時間こうしてソファーに横たわっていた。

もうなにも考えたくなかった。彩夏に裏切られたこと、最初からすべて彼女が仕組んだことだったというつらい事実を、必死に頭の外に追い出そうとし続けた。しかし、そうしようとすればするほど、彩夏との記憶が蘇り、岳士を苦しめる。

『さて、これでようやく僕たちは、早川殺しの真犯人を見つけることができた。あとは、あのお姉さんが犯人だってことを警察に気づかせれば万事解決だ。ただ、それがなかなか難しい。警察はまだ、僕たちを容疑者として追っているし、あのお姉さんが犯人だっていう直接的な証拠を僕たちは持っていない』

岳士の苦しみをよそに、海斗は滔々と話しはじめる。

『けれど、僕たちには大きな武器がある』

岳士はすぐわきのローテーブルに置かれた、大学ノートと小さな手帳を指さす。

『これには、お姉さんの筆跡の文字が書いてあり、そして何より早川の血が付いている。うまく使えば、早川殺しがあのお姉さんの犯行だって証明できるはずだ。その方法を早く……』

海斗がそこまで言ったとき、唐突に激しい吐き気が湧き上がってきた。岳士は慌てて口を右手で押さえる。

『大丈夫かい？　吐くならトイレにしなよ』

岳士はソファーから立ち上がると、おぼつかない足取りでトイレへと向かい便器の前で跪き、顔を前に突き出してえずいた。口からは粘着質な唾液が零れる。

『まったく。あのお姉さんに裏切られたのが、そんなにショックだったのかい？　だから僕は最初から警告していただろ。あの人には近づかない方がいいってさ』

海斗の揶揄《やゆ》に反論する余裕などなかった。吐き気はどんどん強くなってきているのに、嘔吐することができない。腹の中が腐っていくような感覚。サファイヤの禁断症状に勝るとも劣らない苦痛に襲われつつ、岳士は後悔していた。

海斗にこのトイレの個室に監禁されていたとき、サファイヤの禁断症状で瀕死の状態にまで追い込まれていたあのとき、なぜ俺は死を選ばなかったのだろうか？

あのとき命が尽きていたら、彼女の裏切りを知ることもなかったのに。禁断症状による身体の苦痛よりも、運命の人だと思っていた相手に裏切られた心の苦痛の方がつらかった。

消えてしまいたい。いまからでも遅くはない。この世界から消え去ってしまいたい。心から願いながら、岳士は便器に顔を突っ込み続けた。

数分えずき続けていると、吐くことはできなかったが、ほんのわずか吐き気がおさまってきた。岳士はそのままトイレの床に座り込む。

『……とりあえず口をゆすぎなよ。少しはすっきりするかもよ』

口をゆすいだくらいで気分が晴れるとは思えなかったが、無理に吐こうとし続けたため、喉が痛かった。岳士は立ち上がろうとする。その瞬間、体がぐらりと揺れた。バランスを崩した岳士は、勢いよく左肩から壁に激突する。海斗の『いてっ』という声が響いた。

『なにしているんだよ。しっかり立ちなって』

「あ、ああ、悪い……」

これまで経験のない感覚に戸惑いつつ、岳士は再び立ち上がろうとする。しかし、やはり体が大きく左に傾いてしまう。左腕が素早く動き、今度は壁に手をついて激突を防いだ。

『お、おい、どうしたんだよ。なにしているんだよ?』

焦りを含んだ声で海斗が尋ねてくるが、岳士自身、いま自分の身になにが起こっているのか分からなかった。右手を伸ばして洗面台を摑むと、腕に力をこめて必死に体を起こしていく。腕力でなんとか立ち上がることができた。しかし、右手を洗面台から離せば、すぐにバランスを崩して倒れてしまいそうだった。

自らの身体に意識を集中させた岳士は、ようやくなぜうまく立てないかに気づく。左半身に力が入らないのだ。左足は地面を捉えてはいるが、ただつっかえ棒のように体幹を支えているだけで、うまく立位を保つことができない。

なにが……？　パニックに陥《おちい》りながら顔を上げた岳士の瞳が、洗面台の鏡を捉えた。そこに映っている自分の顔を見た瞬間、氷の手で心臓を鷲摑《わしづか》みにされた気がした。

顔が左右で全く違う表情を浮かべていた。

向かって右側の目は力なく、頰が緩み、唇は閉じて口元が垂れ下がっている。しかし、左側は目を大きく見張り、口は大きく開かれていた。

右半分には絶望の表情を、左半分には驚きの表情を浮かべている男が、鏡の中にいた。

瞬時にすべてを理解する。左半身が麻痺《まひ》したんじゃない。左半身の『支配権』が海斗に移っているんだ。さっきまで、海斗は左手首から先のみを『支配』していた。その海斗がなぜいきなり、強引に支配できる最大範囲まで自分の領域を広げたのか分からない。

いや、重要なのはそこじゃない。自分の身体感覚を慎重に探っていた岳士は戦慄する。

海斗の『支配領域』が明らかに広がっている。

今朝の時点では、左手足、左頰や首筋、そして体幹の左側三分の一ほどまでが海斗の『支配領域』だったはずだ。しかし、いまは正中線より左側の半分、いや体幹については正中線よりわずかに右側まで海斗に支配されていた。

「なんで急に自分の領域を広げたんだよ⁉」

岳士は早口で言うが、口も右側しか動かせないので、やけにくぐもった声になってしまう。

「べつに広げようと思ったわけじゃないよ。なんか気づいたら急にこうなって……」

いつものように、岳士にだけ聞こえる声ではなく、海斗も口を使って返事をする。やはり、左側しか使えないので、その言葉は聞き取りづらかった。

「なに言っているんだよ。実際、お前の範囲が広がっているだろ！」

「たしかにそうだけど、僕はわざとやったわけじゃ……」

「お前、自分の『支配領域』が広がっているのは、サファイヤのせいだって言っていたよな。それなのに、サファイヤをやめても広がり続けているじゃないか！」

「分からないよ。きっと一時的なもので、すぐに元に……」

海斗と言い争いをしながら、岳士は頭の隅でなにが起きているのか気づいていた。きっと望んだからだ。消えてしまいたいと強く望んだから、俺は少しずつ消えていっている。

彩夏さんともう一度会う。そして彼女と生きていく。それが生きる目的だった。その想いがサファイヤの禁断症状を乗り越えさせてくれた。けれど、目的が消えてしまった。だから、俺は消えはじめている。海斗に存在を侵食されはじめているんだ。

「と、とりあえず、お前に『支配権』を戻すよ。これじゃあ、喋りにくくてしょうがないし」

海斗が言う。しかし、なにも変わらなかった。左半身の感覚は消えたまま、戻ってこない。

「なんで⁉ 僕は引っ込もうとしているのに⁉」

海斗の叫び声を聞きながら、岳士は右足を動かして移動をはじめる。感覚のない左足を引きずるようにしてトイレを出ると、バーを横切ってソファーへと倒れこんだ。

「もういいよ」

「……もういいって、どういう意味だよ」

海斗の声が硬くなる。

「そのままの意味さ。もうどうでもいいんだよ。俺はこのまま消えちまえばいいんだ」

「ふざけるなよ！ ようやくここまで来たんだぞ。必死に苦労して、ようやく真犯人を見つけたんだ。あとは、容疑を晴らせば……」

「晴らせば、どうなるんだよ？」

岳士は海斗のセリフに被せるように言う。同じ口で喋っているので、声が重なった。

「どうなるって……」

「殺人の容疑が晴れたって、俺にはなにも残らないんだよ。もう、なんにも残っていないんだ」

天井を見つめながら岳士は淡々と話し続ける。

「俺な、ずっと思っていたことがあるんだよ」

「思っていたこと？」

海斗が聞き返す。

「あの事故のとき、お前じゃなくて俺が死ぬべきだったってな。なあ、あの日、なんで俺がお前を連れ出したか分かっているだろ。バイクでお前を山の上にある展望台に連れて行って、なにを話そうとしていたか」

海斗はすぐには答えなかった。

重苦しい、しかしそれでいてどこか心地よい沈黙がバーに満ちていく。

「……七海《ななみ》」

たっぷり一分以上経ってから、海斗は囁《ささや》くように言った。自分たちの幼馴染の名を。双子の兄弟がそろって愛した少女の名を。

「ああ、そうだよ」

岳士はつぶやく。ずっと喉につかえていたものが取れたような気がした。

「七海がお前を選んだのを見て、俺は悔しかったんだよ。頭がどうにかなるんじゃないかと思うくらい悔しかったんだ。俺とお前は同じ遺伝子を持っているんだろ。同じ人間なはずだろ。それなのに、なんで俺じゃだめなのかってな。俺はずっと羨ましかったんだよ。俺よりも優秀で、俺よりもみんなに好かれるお前がな」

口も舌も右半分しか動かせないのに、なぜか流暢《りゅうちょう》に喋ることができるようになっていた。

「あの日、誰もいない夜の展望台にお前を連れて行って、俺はなにをするつもりだったんだろうな。話をするつもりだったのか、殴りつけるつもりだったのか、それとも……」

そこで言葉を切った岳士は、自虐的な忍び笑いを漏らす。

「もしかしたら、あそこで事故を起こしたのも無意識のうちにお前を殺そうとしていたのかも。そう、もともとお前を殺すつもりだったから、あのとき、俺は……お前の手を放したのかもな」

「違う！」

海斗の怒声が響き渡った。

「お前はそんな奴じゃない。お前は最後まで僕を助けようとしてくれた。あの事故だって、なにか動物が横切ったのが原因だ。お前は優しい男だ。誰よりも優しくて善良な男なんだよ。それは一緒に育ってきた僕が誰より知っている！」

「……そうなのかな。まあ、どっちでも関係ないか。俺のせいでお前が死んだのは間違いないんだ。そして、周りの奴はみんな思っていたんだろうな。七海が言ったように、お前じゃなく俺が死ねばよかったって。きっと、親父も、おふくろも……」

「そんなことあるわけないだろ。あれは事故だったんだよ。お前のせいなんかじゃない。七海も本気で言ったわけじゃ……」

必死にまくし立てる海斗の言葉を、岳士は聞き流す。

「なあ、結局どっちなんだろうな。お前は海斗の魂が左手に宿ったものなのか、それとも罪悪感に耐えきれなくなった俺の脳が創り出した偽物なのか。もし本物なら、これでみんなの願いをかなえられるわけだ。俺が消えて、その代わりにお前が生き返るんだからな」

「ふざけるなよ！　そんなものみんなが望んでいるはずない！　そもそも何度も言っているだろ。きっと僕は幻だって。本物の僕はあの事故で死んだんだよ」

「そっか……。まあ、どっちでもいいさ」

「どっちでもいいって……」

海斗は絶句する。

「重要なのは俺が、こんな苦しい世界から消えられることだ。そして、本物か偽物なのか知らないけど『海斗』が残る。それで丸く収まるじゃないか。みんな幸せになれる。俺も含めて」

衝撃が走る。顔の位置がぶれた。口の中に血の味が広がる。

殴られたことに岳士は気づいた。どうやら、左の拳が左頰に叩きつけられたらしい。しかし、そこは海斗の領域なので痛みはまったく感じなかった。代わりに「っ……」という、痛みに耐える声を海斗が漏らした。

「なにやっているんだよ、海斗？」

あの海斗がこんな凡ミスをおかすということは、かなり頭に血が上っているようだ。

「僕は幸せになんかなれないぞ！」

海斗が怒鳴る。血の混じった唾液が床に飛んだ。

「お前が消えて、この身体を受け取っても、僕は幸せになんかなれないんだよ！」

「ああ、そうかもな」

岳士は右手で頭を掻く。

「まあ、けれどそこはみんなのために割り切ってくれよ。この身体を受けとる代償だと思ってさ」

「諦めるな。なにか方法があるはずだ。これまで、僕たち二人でなんとかしてきただろ」

「無駄だって」

岳士は投げやりに右手を振った。

「もう手遅れなんだよ。サファイヤをやめるのが遅すぎたんだ。どういう具合に作用しているのかは知らないけど、あのクスリは使うたびに『俺』を削って『お前』の領域を広げていった。そして、臨界点を超えちまったんだよ。サファイヤをやめれば、また元の状態に戻ると思っていたけど、甘かった。もう止まらないんだよ。『俺』が消え去るまでな」

「そんなこと分からないだろ！」

「分かるよ。感じるんだ。じわじわと『自分』が削られていっているのが、そしてどんな方法を使っても止められないってな。お前だって、本当は気付いているんだろ」

海斗はなにも答えなかったが、震えるほどに強く握りしめられた左拳が、岳士の想像が正しいことを示していた。

「お前はずっと、あのクスリは危険だって警告してくれていたのに、俺は無視してサファイヤを飲み続けた。自業自得だ。なあ、海斗、……最後まで馬鹿な弟で悪かったな」

岳士は右の口角を上げる。どこか爽やかな気分だった。消え去ればこの腐り果てた現実から逃げることができ、あの日の償いができる。自分の分身が命を落としたあの日の償いが。

唐突に、身体が立ち上がった。左手と左足がソファーに横たわっていた身体を強引に起こしていた。そのまま、左足が動き、カウンターに近づいていく。

「おい、海斗、どうしたんだよ？」

崩れそうになるバランスを右足で支えながら訊ねるが、海斗は答えなかった。カウンターの前までやってくると、海斗は左手で椅子をつかみ、腰の下に押し込む。

身体が椅子に座る形になると、カウンターの向こう側に左手が伸びた。その手が摑んだものを見て、岳士は息を吞む。それは、流しに置かれていた大ぶりな包丁だった。

「……なにするつもりだよ？」

岳士がかすれ声で訊ねると、海斗は器用に手の中で包丁を回して刃の部分を持ち、柄を右手に押し付けてくる。反射的に岳士は包丁を受け取ってしまった。

「……切り落とせ」

陰鬱《いんうつ》な、そして悲壮な覚悟がこもった声を海斗は絞りだす。

「今度こそ左手を……、『僕』を切り落とすんだ。そうすれば、お前が消えることはない」

左手首がカウンターの上、最も包丁を振り下ろしやすい場所に置かれる。

「もういましかないんだ！　僕を切り落とせ！」

岳士は左手を見つめる。もう右目しか自分の『支配領域』に入っていないせいか、遠近感がうまくつかめなかった。左手が摑みかかってくるような錯覚に襲われる。

岳士は包丁を持つ右手をゆっくりと頭上へと掲げていった。

「やれ！　やるんだ！」

海斗が悲鳴じみた絶叫を上げる。それと同時に、岳士は右手を思い切り振り下ろした。

破裂音が響き渡った。

「……なにしているんだよ？」

海斗がつぶやく。カウンター奥の棚に向かって投げ捨てられ、いくつか酒瓶を割って落下した包丁を見ながら。

「さっきも言っただろ。これでいいんだって。もう疲れたんだよ」

「そんなの僕が許さない！　お前がやらないなら、僕が自分で左手を……」

「どうやって切り落とすっていうんだよ？」

岳士に話の腰を折られ、海斗は「え？」と、声を漏らす。

「左手首を切り落とすのには、右手を使う必要がある。けれど、その右手は俺の『支配領域』だ。俺が完全に消え去るまで、お前は左手を切り落とすことなんてできない」

海斗は無言だった。

「それとも、俺が眠った隙に右手を使うか？　けれど、左手を切り落とそうとしたら、いくらお前だって冷静ではいられないはずだ。その動揺を感じて俺も目を覚ますさ。身体を共有しているっていうのは、こういうとき不便だよな。それにもし俺が眠っているとき、意識がないときに左手を切り落としたところで、この身体の所有権が俺に戻るとも限らないぞ。下手すれば『岳士』も『海斗』も消滅して、この身体は空っぽになるかも」

岳士は早口で一気にしゃべる。海斗の悔しげな舌打ちを聞いた瞬間、満足感が胸郭の右半分を満たした。生まれてこのかた、海斗をこうまで一方的に言い負かしたことはなかった。

「少し疲れたから休ませてもらうよ」

岳士はカウンターに伏せると、右目を閉じる。すぐに、優しい睡魔が包み込んできた。体が、心が軽かった。この数ヶ月、ずっと背負ってきたものを下ろせたような心地だった。なにもかも忘れて眠りたい。このまま『自分』が消えてしまってもいい。心からそう思った。

「あとのことはお前に任せたよ。うまくやってくれ、……海斗」

意識が希釈されていく。瞼の裏に、優しく微笑む彩夏の姿が一瞬よぎった。

5

重い瞼を開けると、奥へと長く伸びるカウンターが目に入ってきた。

「……おはよう」

陰鬱で、聞き取りにくい声が響く。自分の口元から。

気怠さをおぼえながら、岳士は右手で右目をこすった。

「何時間ぐらい寝てた？」

まだ『俺』は消えていないのか。軽い失望をおぼえながら、岳士は身体を起こす。

「五時間ぐらいだな」海斗は左手首にやけにきつく巻かれた腕時計を顔の前に持ってくる。

「そうか。結構経ってるな」

岳士はカウンターに触れていた右のこめかみを揉む。眠りに落ちる直前の満足感や高揚感は消え去っていた。彩夏に裏切られていたという現実を思い出し、気持ちが沈んでいく。

「俺が寝ている間、左手を切り落とそうとはしなかったみたいだな」

投げ捨てた包丁は、いまもカウンターの向こう側に落ち、海斗が拾ったような形跡はなかった。それどころか、動くこともせず数時間カウンターに突っ伏し続けていたようだった。

「冷静に考えたら、そんなに急がなくてもいいのかなって気づいたんだよ。たしかにおかしなことになっているけど、このまま僕の『支配領域』が広がっていくかどうかは、もう少し経過を見ないことには分からないからね」

そんなことはない。これから『俺』は『海斗』に侵食されていき、そして消えてなくなってしまうだろう。そう確信していた。

「それに、他に考えないといけないこともあったからさ、だからずっとこの姿勢で頭を使っていたんだよ」

「他に考えないといけないこと？」

岳士が聞き返すと、海斗は左手の人差し指を立てた。

「もちろん、あのお姉さんが早川殺しの真犯人だって、どうやって警察に気づかせるかだよ。それに成功しない限り、僕たちの容疑は晴らせないんだからさ」

数時間前、必死に縋りついて来た彩夏の姿を岳士は思い出す。「私は誰も殺してなんかいない」という声が右の耳に蘇った。

「なあ……」

岳士はおずおずと言う。

「彩夏さんが早川を殺していないっていうことはないか？」

「はぁ？　あのお姉さん本人が認めただろ。自分は錬金術師だって。サファイヤのレシピを盗まれて、早川に脅されていたってさ」

「たしかにそうだけど、河川敷に着いたときにはもう早川は殺されていたって言っていたじゃないか。もしかしたら、それが本当なのかも……」

海斗はこれ見よがしに深いため息を吐《つ》いた。

「あのなぁ、最初からあのお姉さんに騙されていたって知って、ショックを受けたのは分かるよ。少なくとも、殺人についてはあのお姉さんの犯行じゃなければいいと思うのも理解はできる。けれど、それはあまりにも無理筋だろ」

「なんでだよ？　もしかしたらスネークの奴らが先回りして早川を殺して、サファイヤのレシピを手に入れようと思ったのかもしれないだろ」

「いやいや、そりゃあないよ」

左手の指が、コツコツとカウンターを叩く。

「もし、あのお姉さん以外が河川敷に早川を殺しにいったら、早川は逃げようとしたはずだ。そして、殺されるとしても必死に抵抗したはずだよ。けれど実際は、早川の遺体の周りにそんな痕跡はなかった」

たしかにあの日、早川の遺体やその周囲に、激しく争ったような跡はなかった。

「早川は刺される寸前まで、まったく警戒していなかったってことさ。そうじゃなきゃ、刺される前に大声で助けをもとめたり、悲鳴を上げたりするはずだ。そんなことがあれば、近くのテントで眠っていた僕たちも目を覚まして飛び出したよ。でも、僕たちが起きたのは男の声、刺された早川が驚いて上げたうめき声を聞いたからだ」

そこで言葉を切った海斗は、一際強くカウンターを指で叩いた。

「つまり、事件の瞬間、あの河川敷にいたのは、早川と僕たち、そしてあのお姉さんだけだったってことだよ。あのお姉さんは大人しく取引をするふりをして油断した早川に近づき、不意をついて刺し殺したのさ。それ以外に考えられない」

「でも、あの日は疲れ果てていたから、早川が大声を上げても気づかなかったかも……」

それがいかに苦しい反論か理解しつつも、岳士は口に出さずにいられなかった。彩夏との時間、そこにわずかでも偽物でないものがあったと信じたかった。

「お前さ、重要なことを忘れているぞ。あの手帳はどうなるんだよ？」

諭《さと》すような口調で、海斗はソファーのそばのローテーブルに置かれている手帳を指さす。

「あのお姉さんは早川が殺されているのを見て、すぐに逃げたって言っていたんだぞ。けれど、簞笥の中から血の付いた手帳がでてきた。明らかに矛盾しているだろ。あの手帳がお姉さんの部屋にあった。そのことが、彼女が早川殺しの真犯人である動かぬ証拠だよ」

理路整然としたその説明に、反論の余地などなかった。愛した女性が殺人犯だという事実を強引に納得させられた岳士は、右の拳を固く握りしめる。

「そんなに落ち込むなって。あのお姉さん、最初は利用するためだけに近づいたんだろうけど、一緒に過ごしているうちにお前に特別な感情を持つようになった。僕はそう思っているよ」

左手がコリコリとこめかみを掻く。

「まあ、こういうクサいセリフは言いたくないんだけどさ、最後はあのお姉さん、お前のことを、なんというか……愛していたと思う。最初は嘘からはじまった関係だけど、時間が経つうちに、本物の絆に変わっていったんじゃないかな。いま、あのお姉さんは本気でお前を失いたくないと思っているよ。それこそ、サファイヤのレシピなんてどうでもいいくらいにね」

「……そうだな。そうだといいな」

岳士は声を絞り出す。気を抜けば、嗚咽《おえつ》が漏れてしまいそうだった。

「けれど」

海斗の声が険しくなる。

「その絆は正しいものじゃない。お前は同じように兄弟を失ったあのお姉さんにもたれかかり、彼女は死んだ弟の代用品としてお前をそばに置こうとしている。お前は僕を、彼女は弟を失った傷を、お互いに舐め合っているだけだ。その状態が続く限り、傷は治りはしない。なあ岳士、そろそろ現実を受け入れて前を向いて進んでいくべきなんだよ。お前も、そしてあのお姉さんもな」

分かっていたことだった。分かってはいたが、目を逸らし続けてきた。けれど、海斗の、ずっと頼ってきた兄の口から発せられたそのセリフは、じんわりと胸に染み入ってきた。

「ああ、そうだよな……」

岳士は大きく息をつく。

できれば、このまま消えてしまい、この身体を海斗に譲りたかった。けれど、もしそれがかなわなかったときは、もう過去にとらわれずに胸を張って生きていこう。左手に宿る海斗とともに。そして、できれば……。

「できれば、お前だけじゃなくて、あのお姉さんも助けたいね」

頭の中を見透かしたかのような海斗のセリフに、岳士は右目を見開く。

「彩夏さんを⁉」

「ああ、そうだよ。なんと言っても、お前を大人の男にしてくれた女性だしさ」

からかわれ、頬が引きつる。

「冗談だって、そんなに怒るなよ。まあさ、僕たちを追い詰めた元凶だけど、あのお姉さんの身に起こったことを考えると、ちょっと同情もしちゃうんだよね。このままじゃ、あまりにも痛々しいし、可哀そうな気がしてさ」

「……そうだな」

「このまま放っておけば、あのお姉さんは間違いなく完全に壊れる。その前に、警察に捕まって自分のしたことの責任をとるのが、彼女にとって一番いいと思うんだよね。そうすれば、適切な治療も受けられるかもしれないしさ」

「……ああ、そのとおりだ」

岳士はゆっくりと頷いた。

「まあ、そういうわけで、あらためて僕たちの容疑を晴らす方法を考えようか。それさえ成功すれば、全てがうまい具合に転がるはずだからさ。きっと、僕とお前の関係ももとに戻るよ。サファイヤを使う前みたいにな」

それはどうかな？　疑問をおぼえつつも、岳士は「分かったよ」と返事をする。

「とりあえず、顔を洗ってしゃっきりしようか」

左手が親指を立て、トイレを指さした。

岳士と海斗は協力しつつ、ぎこちなく左右の足を動かしてトイレに向かう。

「あの手帳がカギだと思うんだよね。あの手帳には、お姉さんの個人情報がたくさん書かれていただろ。予定とか、知り合いの連絡先とかさ。サファイヤの売買の記録まである。そのうえ、早川の血液がべったり付いているんだ。少なくとも彼女が錬金術師だっていう証拠には……」

立て板に水のように話し続ける海斗の言葉を聞いて、岳士はふと違和感をおぼえる。

しかし、なにが気になったのか、自分でも分からなかった。

なんだ、いまの感覚は？　右の眉尻を上げながらトイレに入った岳士は、洗面台の前に立つ。左手が水栓を回し、蛇口から水が流れはじめた。水が排水口に流れ込んでいくのを眺めつつ、岳士は正体不明の不安が膨《ふく》れ上がっていくのを感じていた。

「おい、どうしたんだよ。早く顔を洗おうよ」

海斗に促された岳士は、「あ、ああ……」と我に返ると、前傾して顔を突き出した。左手が水をすくい、顔にかけてくる。冷たい刺激に寝起きの脳が刺激されていく。

俺は何かを見逃している。何か、重要なものを。それは一体何なんだ？

数回、顔に水をかけたあと左手は水を止め、わきに置いてあったフェイスタオルを取った。柔らかい生地が顔面に押し付けられ、水を拭き取ってくれる。その瞬間、心臓が大きく脈打った。

息が乱れる。右手が、右足が、右の顔面が細かく痙攣しはじめた。

「あの手帳には、お姉さんの個人情報がたくさん書かれていただろ」

「箪笥の中から血の付いた手帳がでてきた。明らかに矛盾しているだろ」

「事件の瞬間、あの河川敷にいたのは、早川と僕たち、そしてあのお姉さんだけだった」

この数分で海斗が放ったセリフが次々に頭の中で再生される。恐怖と、衝撃とともに。

右の手がだらりと垂れ下がり、足から力が抜けてバランスが崩れる。左手が素早く伸びて洗面台を掴み、倒れるのをなんとか防いだ。

「おい、どうしたんだよ。危ないだろ！」

「なんで……知っているんだ……？」

右足を踏ん張りつつ、岳士はかすれ声でつぶやいた。

「ん？　なんのことだよ？」

海斗が不思議そうに訊ねると同時に、岳士は右手で左の手首を摑んだ。骨が軋むほどに強く。

「なんで、お前はあの手帳の内容を知っていたんだよ！」

「なんでって……」

答えようとした海斗のセリフを、岳士は力ずくで舌を動かして遮《さえぎ》る。

「俺たちは、あの手帳を彩夏さんの部屋の簞笥で見つけたとき、軽く数ページ見ただけだ。そして、ここに戻ってくる間も、戻って来てからも、一度も手帳を開いていない。それなのに、なんでお前は手帳に書かれていた内容を詳しく知っていたんだ⁉」

「……さっき、お前が眠っている間に読んだんだよ」

「嘘をつくな。起きたとき、俺は眠ったときと完全に同じ体勢だった。それに、お前自身も言っていただろ。考えることがあったんで、動かなかったって。違うか⁉」

「……いや、違わないよ。それじゃあ、お前はどう思うんだ？　なんで、僕があの手帳の内容を知っていたのか」

海斗の口調は挑発的だった。岳士は喉を鳴らして唾を飲み下すと、ゆっくりと口を開いた。

「あの手帳は彩夏さんの部屋に保管されていたんじゃない。お前があそこに置いて、いかにもそこに隠されていたものを発見したように装ったんだ」

「つまり、僕がお前の隙をついて、あの手帳を簞笥の中に仕込んだってことか。まあ、できなくはないかもね。お前はいつも注意散漫だからさ。けどそれじゃあ、僕はあの手帳をどこで手に入れたって言うんだい？」

「……最初だ」岳士は息を乱しながら言う。「最初に、早川の遺体を見つけたときだ。あのとき、お前は俺が気づかないうちに早川の財布を抜き取っただろ。それと同じように、あのときに手帳も抜き取ったんだよ。そして、なにかのときに役に立つように保管していたんだ。ジーンズの左ポケットに隠せば、左手が使えない俺には気づかれないから」

「なるほど、それもまあ不可能じゃないね。つまり、僕はずっとあの手帳を隠していた。そして、それをうまく使って、あのお姉さんに自白させたっていうわけだ。べつになんの問題もないじゃないか。それによって早川殺しの真犯人を見つけられたんだからさ。なにをそんなに興奮しているんだい？」

海斗は摑まれた手をひらひらと振る。

「……違う。自白したのは、自分が錬金術師だっていうことだけだ。早川殺しについては、彩夏さんは自分じゃないと言っていただろ」

「さっき説明したじゃないか。あのお姉さん以外に、早川を殺せる奴はいないんだよ。もしスネークの奴らが犯人なら……」

「スネークじゃない！」

岳士は声を嗄《か》らして叫ぶ。

「ふーん……あのお姉さんでも、スネークの奴らでもないとしたら、誰が早川を殺したっていうんだい？」

海斗は平板な口調で訊ねる。

岳士はゆっくりと顔を上げると、鏡の中にいる自分と、そして海斗と見つめ合った。

「お前だ。お前が早川を殺したんだ」

6

洗面所に沈黙が満ちる。鉛のように重く、冷たい沈黙が。

鏡を見つめたまま、岳士は海斗の反応を待つ。

たっぷり一分以上黙り込んだあと、鏡に映る男の、向かって左側の目がすっと細められた。

「おいおい、何を言い出すんだよ。僕がどうやって早川を殺すっていうんだ。いまと違って、あの時は左手しか僕に『支配権』はなかったんだぞ」

「……眠っているときは？」

間髪をいれずに岳士は言う。

「うん？　なんの話？」

「俺が眠っているときだよ。お前はずっと、俺が眠っている間は自分も眠っているって言っていたな。サファイヤを飲みはじめてから、俺が意識を失っているときに身体を動かせるようになったって。けど、本当は最初から出来たんじゃないのか」

「……ふーん。もしだよ、もしそうだとしたら、どうなるのかな？」

「あの日、テントで俺が眠ったあと、お前は身体を自由に使えるようになった。そして、偶然河川敷に現れた早川を刺し殺したんだ。あのホームレスから、俺がテントで野宿しているのを聞いていた早川は、家出少年ぐらいに思って警戒しなかった。お前はその隙をついた。だからこそ、争った痕跡も、大きな悲鳴もなかったんだ」

「なるほど、面白い話だね。で、続きは？」

海斗は心から楽しそうに先を促す。

「いったんテントに戻って状況を見ていたお前は、やってきた彩夏さんが早川の死体を見て逃げるのを確認した。そしてそのあと俺を起こして、遺体を発見させたんだ！」

一息にまくしたてた岳士は、緊張しつつ海斗の反応をうかがう。

鏡に映る男の、向かって左側の頰が震えだす。やがて、その震えは左側の顔面全体へと波及していった。

「はは……、あはは……、あはははは！」

堪《こら》えきれないように口から嘲《あざけ》るような笑い声を漏らしはじめた鏡の中の男を、岳士は右目で呆然と眺める。男の顔には、左半分だけ笑みが浮かんでいた。どこまでも凄惨で歪んだ笑みが。

数十秒、哄笑《こうしょう》をあげたあと、海斗は涙のにじむ左目を拭った。

「な、なんだよ……。俺の言ってることがそんなにおかしかったって言うのか⁉　間違っているっていうなら、その根拠を……」

「間違ってなんていないよ」

左腕を大きく広げると、海斗は高らかに言った。岳士は目を見開き、耳を疑う。

「なに阿呆みたいな表情晒しているんだい。聞こえなかったのかな？　そう、お前の推理は完全に正解だよ。僕が早川を殺したんだ。隠し持っていたナイフであいつの胸を一突きしたんだよ。お前が眠って、この身体を自由に動かせる間にね」

心から楽しそうに、そして誇らしげに海斗は告白する。左の口角が上がり、目が細められていく。

「なんで……、そんなことを……？」

「なんで？　それは動機ってことかい？　なんだよ、まだそれが分からないのか。本当にお前は馬鹿だな。僕と同じ遺伝子を持っているとは思えないほど馬鹿だ」

左の瞳に侮蔑の色が浮かんだ。岳士は右の掌を鏡に叩きつけた。

「うるさい！　さっさと説明しろ！　なんで早川を殺したんだ⁉　そのせいで俺は、俺たちは警察から逃げ回らないといけなくなったんだぞ！」

「それが目的だよ」

海斗はひとりごつようにつぶやく。岳士は「……え？」と眉をひそめた。

「察しの悪い奴だな」

海斗は左肩をすくめる。

「殺人の容疑者として逃げ回らないといけない状況を作る。それが僕の目的だったんだよ。まあ、お前はずっと濡れ衣だと信じていたけどね。被害者が早川だったのは、ちょうどいいタイミングであの河川敷に現れたからっていうだけだ。別に他の人でもよかったんだ。……あのお姉さんでもね」

「な、なに言っているんだ⁉　意味が分からない。殺人犯として追われて、俺たちになんの得があるって言うんだ？」

右半身が細かく震えだす。怖かった。ずっと自分の分身だと思ってきた男が語る、理解を超越した内容が、このうえなく恐ろしかった。

「僕たちじゃないよ」

海斗はふっと鼻を鳴らす。

「僕にとってさ。僕にだけ得があったんだ」

「お前にだけ……？」

「そう、警察に追われたことで、お前は実家に戻れなくなった。つまり、精神科の主治医の治療を受けることができなくなったんだ。左手に宿った『僕』を消すための投薬治療をね」

右半身に鳥肌が立つ。右の頬が大きく引きつった。

「そのために？　そんなことのために……人を殺したっていうのか？」

「そんなこと？　おいおい、軽く言ってくれるな。僕にとっては文字通り、自分の存在にかかわる問題だぜ。『僕』が消されちゃうんだからな。ある意味、殺されるのと同じさ」

左手が上がり、右の頬をそっと撫でた。

「僕は……、風間《かざま》海斗はお前に殺されたんだ」

低く、こもった声で海斗は言う。

「けれど、運よくお前の左手に宿るって形で『僕』は蘇った。僕が本物の『風間海斗』なのか、お前の脳が創り出した幻なのかは分からないが、少なくとも『僕』は生き返ったんだ。なのに、お前はまた僕を殺そうとした」

「違う！　お前を消そうとなんてしていない。だから、治療を受ける前に家から逃げ出したんじゃないか！」

息も絶え絶えに岳士が反論すると、海斗は「くくっ」と忍び笑いを漏らした。

「あれが自分の意思で行ったものだとでも思っているのかい？　本当におめでたい奴だ

な」

「どういう……、意味だよ……？」

「お前がそう行動するように、僕が誘導していたんだよ。普段、何気なくかわしている会話で、お前の行動をコントロールしていたんだよ。お前は自分で選択しているつもりでも、全て僕の意図したとおりに、僕が指示したとおりに動いていたんだ」

「そんなこと、できるわけ……」

「できるわけないって思っているのかい？　思い出しな。お前はずっと僕に頼ってきただろ。困ったときはいつも僕の指示に唯々《いい》諾々《だくだく》と従ってきただろ。生まれてから十八年、ずっと」

その通りだ。岳士は右手で顔を覆う。迷ったときは海斗の判断に従う。それが俺の行動原理だった。そうすればすべて上手くいくと思っていた。

「なあ、お前は、左手以外のこの身体は自分が動かしているって思っていただろ。けれど違うんだよ。この身体を操っていたのは、最初からずっと僕だったのさ。お前は僕の思い通りに動き、警察から必死に逃げて、必要な時間を稼いでいたんだ」

「必要な時間？」

岳士が聞き返すと、鏡に映る左目に妖しい光が灯《とも》った。

「僕が本当の意味で生き返る。この身体を完全に支配して、『風間岳士の左手』じゃなくて、『風間海斗』として蘇るための時間さ」

「お前……、最初から……」

岳士は目尻が裂けそうなほどに、右目を見開く。

「ああ、そうだよ。最初からそのつもりだった。今度は僕がお前を殺す番だと思っていたんだよ。そのための方法を探していたときに、お前があのお姉さんに勧められてサファイヤを飲みはじめた。いやあ、あれは本当に幸運だったよ。まさか、あのクスリに僕の『支配領域』を広げるような作用があるなんてね。それに気づいてから、僕はあのクスリを使ってこの身体を乗っ取ろうと決め、お前ができるだけあのクスリを飲むようにけしかけたんだ。あのお姉さんには心から感謝しているよ」

立ち尽くす岳士の脳裏に、バイクに乗ることを躊躇《ちゅうちょ》していたとき、海斗がサファイヤを差し出してきた光景がよみがえる。

「でも、お前はサファイヤを飲むことに反対して……。彩夏さんと別れろとも……」

「そう言えば、お前が反発して、逆にサファイヤを飲むと分かっていたんだよ」

「俺を監禁してサファイヤ依存を治したのは……」

「もう、僕の『支配領域』の拡大は止まらなくなる段階にまで達したって、なんとなく分かったからさ。せっかくこの身体を乗っ取っても、クスリでボロボロじゃ意味ないだろ。さて、まだなにか訊きたいことはあるかな？」

海斗は伸びをするように左手を上げる。

「……なんで、認めたんだ？」

岳士はあごを引くと、鏡に映る男を睨《ね》め上げた。

「ん？　どういうことだい？」

「決定的な証拠があったわけじゃない。お前なら誤魔化《ごまか》しきることもできたはずだ。それなのに、なんで全部俺に話した？」

「話したところで、僕にとってなんの損もないからだよ」

「そんなことない！　俺は……」

「今度こそ左手を切り落として僕を消す、かい？」

機先を制され、岳士は言葉に詰まる。

「はは、本当におめでたい奴だな。僕がそのことを考えていないとでも、本当に思ったのかよ。僕に対して罪悪感を持っているお前は、また僕を殺すなんてできないさ。この身体を僕に差し出すことこそ、お前の贖罪《しょくざい》なんだからな」

岳士は反論することもできず、奥歯を噛みしめる。

「それに、もしやろうとしても、もう無理なんだよ。だって……」

海斗はマジシャンがやるように、左手をぱちんと鳴らす。その瞬間、顔、体幹、そして足の感覚が消え去った。

『なっ⁉』

岳士は驚きの声を上げる。それは口から発せられることなく、意識の中に響くだけだった。

「気づいていなかったのかい？　お前が呑気に寝ている間に、僕の『支配領域』はさらに広がっていたんだよ。いまお前が『支配』できるのは、右肩から先だけだ」

鏡の中の男は、笑みを浮かべる。左側半分だけではなく、満面の笑みを。

「完全に立場が逆転したね。もう、お前は自分の意思ではどこにも行けない。お前の言葉は僕以外に聞こえることはない。もうお前にできることなんて何もないんだ。このペースだと、あと一日くらいでお前は消滅して、この身体は完全に僕のものになる。お前は右腕に閉じ込められながら、ゆっくりとそれを待てばいいよ。僕もそうさせてもらうからさ」

左手を口元に当て、わざとらしくあくびをした海斗は、踵を返そうとする。

『待て！　待ってくれ！』

「なんだよ。もう全部説明しただろ」

『治療を受けられなくするために人を殺したなんて、正気なのか？　お前自身が前に言っていただろ。警察に逮捕されたら人生終わりだって。この身体を乗っ取ったあと、殺人犯としてこの後の人生を生きていくつもりなのか？』

「ああ、そのことか。それなら心配いらないよ」

海斗はぱたぱたと左手を振った。

「家出する前、お前は精神科にかかって、『左手に死んだ兄さんの魂が宿った』なんて言っていたんだよ。はたから見れば、完全に病気だ。逮捕されても精神疾患による犯行ってことで、起訴なんかされないさ。たぶん、精神科の病院に入院させられて治療を受けることになるんだろうね。まあ、治療が効いているふりでもして、できるだけ早く退院するよ」

『も、もし本当にそうなるとしても、人を殺したっていう事実は消えないんだぞ！』

「たしかにそうだねぇ。今後の人生、それなりに大変かもしれないけど、それよりもあのとき治療を受けて消されるリスクの方が高かった。色々計算したうえで、あの河川敷で早川を殺すのが一番正しい選択だと思ったんだよ。その判断は正解だったと、いまでも思っているよ」

『殺人が……正解……』

右腕がだらりと垂れ下がる。

こいつは本物の海斗じゃない。やっぱり、俺の脳が創り出した偽物だ。海斗は優しい男だった。いつも俺を支えてくれていた。こんなことを言うわけがない。

けれど、その優しさも、最初から全て偽物だったとしたら……。

混乱が混乱をよび、蟻《あり》地獄に落ちていくような感覚に襲われる。

「それに、殺人犯として逮捕されない可能性も出てきたしね」海斗は唇の端を上げた。

『逮捕されない可能性？』

耐えがたい絶望感に襲われつつ、岳士は聞き返す。

「あのお姉さんだよ。あの人は錬金術師で、しかも早川に脅されて、あの夜、河川敷にやって来た。僕はその証拠も持っている。うまく使えば、あのお姉さんに罪をなすりつけられるかもしれない。僕は濡れ衣を着せられた哀れな被害者になることができるかもしれないんだよ」

鏡に映る海斗が高らかに言うのを、岳士は唖然《あぜん》として見つめる。

「お前が眠っている間、ずっとその方法を考えていたんだ。あと一息、あと一息で僕の計画は完璧になるんだよ。そのためには……」

朗々と語る海斗のセリフを聞きながら、岳士はそっと右手をジーンズの右ポケットに差し込んだ。指先に固いものが触れる。電源を切ってあるスマートフォンだった。

岳士は指先の感覚だけで起動ボタンを探り当て、それを押し込んだ。かすかにスマートフォンが震える。電源が入った。

警察だ。海斗が彩夏さんに罪をなすりつける前に、俺たちを、海斗を警察に逮捕させるんだ。

そこまで考えたとき、右手首に痛みが走った。岳士の意思とは関係なく視線が下がる。左手が右手首を握り締めていた。

「僕の裏をかけるとでも？　お前が考えることなんて、全部読めるんだよ」

左手が右手を強引にポケットから引っ張り出す。その拍子に、スマートフォンが床に落ちて跳ねた。岳士は慌ててそれを拾おうとする。しかし、右手がスマートフォンに触れる前に、身体が後ろに下がった。右手が空を切る。

「まだ分からないのかよ。この身体はもうほとんど僕のものなんだ。お前にできることなんてなんにもないんだよ」

海斗は右手ではスマートフォンに届かない位置でしゃがむと、左手を伸ばした。

「そもそもさ、一一〇番したところで、お前は声を出せないじゃないか。どうやって通報するつもりなんだよ」

スマートフォンを拾い上げた海斗は、岳士に取られないように左上方に掲げた。

「なんかいっぱい不在着信があるな。たぶん、あのお姉さんからだろ。本当にお前に御執心なんだな。ああ、安心していいよ。この身体を乗っ取ったからって、あのお姉さんといやらしいことをしたりするつもりはないから。彼女、ちょっと危険すぎるからね。それに、あのお姉さんには僕の代わりに、早川殺しの犯人になってもらわないといけないしさ」

『そんなこと、俺が絶対にさせない！』

「元気がいいねえ。けど、いまのお前になにができるって言うんだい？　ん？　なんか留守電にもメッセージがあるな。消える前に、もう一回あのお姉さんの声を聞く？　それくらいのサービスはしてあげるよ」

海斗は留守電サービスのアイコンに触れると、片手で器用に液晶画面を操作して、スピーカーモードにする。留守電に録音された音声が聞こえてくる。

「こんにちは、岳士君」

聞こえてきたのは、予想に反して男の声だった。海斗が「誰だよ、これ?」とつぶやく。

「はじめまして……、というわけではないんだけど、まあ挨拶をしておこう。俺はスネークのボスだ」

海斗が「なっ⁉」と驚きの声を上げる。岳士も言葉を失っていた。

「さて、自己紹介も終わったところでビジネスの話だ。まどろっこしいことは嫌いなんで、単刀直入に言わせてもらう。錬金術師、つまり桑島《くわしま》彩夏を攫《さら》った」

『彩夏さんを……?』一瞬、なにを言われたか分からなかった。

「お前、サファイヤのレシピを持っているな。それと交換だ。今晩零時に工場跡に来い。覚えているだろ。ヒロキたちがお前を殺そうとした工場跡だよ。そこにレシピを持って一人で来い。俺たちの目的はレシピだけだ。それさえ手に入れば、お前たちに危害を加えない。もし零時までにお前が姿を現さなかったら、彩夏は嬲《なぶ》り殺したあと、ばらして魚の餌にする」

男が言葉を切る。続いて、「助けて、岳士君……」というか細い女性の声が聞こえてきた。

何度も耳元で囁かれた声。彩夏の声。岳士は右手をスマートフォンに向かって伸ばす。しかし、その指先が届くことはなかった。

「以上だ。待ってるぞ」

　再び男の声が響いたあと、留守電は切れた。続いて、「このメッセージを消去する場合は……」という案内音声が淡々と響く。

「アホらしい」

　海斗は肩をすくめ、スマートフォンの電源を落とした。

「こんなので騙せると、本気で思っているのかね。頭悪すぎじゃない？」

『おい、まさか助けに行かないつもりか⁉』

　岳士が慌てて言うと、海斗は「はぁ？」と呆れ声を出した。

「こんなの罠《わな》に決まっているだろ。あのお姉さんの罠だよ」

『彩夏さんの？』

「そう。あのお姉さんにとって、お前に捨てられることは耐えられなかったんだ。完全にお前に依存していたから。だから、スネークの連中に頼んでこんな茶番をうってもらった。ビジネスパートナーであるスネークのボスに直接依頼してね。そこまでしてお前に会いたいと思っているんだよ。しかし、会ったところでどうするつもりなんだろうね。自分が錬金術師だってバレた時点で、もうお前との関係なんて破綻《はたん》しているっていうのに。やっぱり、あのお姉さんも正気じゃないよね」

『そんなわけないだろ！　そんなことにスネークが協力するわけない！』

「そうとは限らないよ。ヒロキとかカズマはお前に恨みを持っているからね。お前を呼び出したいって提案は渡りに船さ。のこのこ出て行ったら、間違いなく東京湾に沈められる」

海斗は芝居じみた仕草で左肩をすくめた。

『けれど、俺への恨みだけで、スネークのボスまで出てくるか？　おかしいだろ』

「電話してきたのが本当にスネークのボスだとは限らないだろ。ただ……」

海斗はスマートフォンを左のポケットにしまいながら考え込む。

「本物なら、あのお姉さんは依頼料として、とんでもないものを差し出した可能性が高いな」

『とんでもないもの？』

「サファイヤのレシピだよ」

『サファイヤのレシピ⁉　でも、それって……？』

「ああ、それが書かれた大学ノートは僕たちが持っている。けれど、錬金術師であるあのお姉さんの頭の中には、そのレシピの内容が詰まっているんだよ。それをスネークのボスに教える。そういう約束で協力してもらったんじゃないかな。まあ、どっちにしても僕には関係ないけどね。どうせ、行かないんだからさ」

海斗は一転して興味なさげに言うと、あくびを嚙み殺した。

『もし俺たちが行かなかったら、……彩夏さんはどうなるんだ？』

「ん？　それは、先払いなのか後払いなのかによるんじゃないか？　もし、作戦が成功したあとにレシピを教える約束なら、僕たちが行かなくてもなにも変わらない。あのお姉さんは今後もスネークのためにサファイヤを作り続けるさ。けれど、もし先払い、つまりすでにサファイヤのレシピをスネークが手に入れていたら別だ。その情報を独占するためには、レシピの内容を知っているあのお姉さんが邪魔になる。電話で言っていた通り、嬲り殺しにして海に沈めるだろうね。あのお姉さん、かなり混乱状態だから、先払いしたかもな」

『なら、すぐに助けにいかないと！』

岳士が大声で叫ぶと、海斗は鏡に顔を近づけた。凍り付くような冷たい視線が、鏡に反射して岳士を射貫く。

「なに馬鹿なこと言っているのさ。あのお姉さんが死んでくれたら、最高の結果じゃないか」

『最……高……？』

「そうだよ。あのお姉さんに早川殺しの容疑をかけるだけの材料を、僕たちは持っているんだ。その上で、あのお姉さんが死ぬっていうのは、まさに理想的な展開だ。死人に口なし。あのお姉さんに反論されるリスクがなくなるからね」

『彩夏さんは誰も殺してなんかいない！』

「殺してない？」

海斗は挑発的に口角を上げる。

「違うね。あのお姉さんは殺しているよ。お前だって見ただろ、彼女が作ったクスリのせいで、まだ未来のある女の子が死んだのを」

ビルの屋上から踊るように身を投げたセーラー服の少女の姿が蘇り、岳士は呻《うめ》く。

「サファイヤを、あの悪魔のクスリを作ることで、あのお姉さんは何人もの、何十人もの人間を殺しているんだよ。スネークの連中に殺されたって自業自得さ。あのお姉さんに助けるような価値はないんだよ。だから、僕はここでゆっくり待たせてもらう」

『だめだ！』

岳士は右手を伸ばし、海斗の首元を鷲掴みにした。

「……なんの真似だい？」

海斗の表情が歪む。

『……彩夏さんを助けに行くんだ』

「いまの話を聞いていなかったのかよ。あのお姉さんは犯罪者だ。人殺しなんだぞ」

『ああ、そうだ。彼女は人殺しだ。そして……俺たちも。だから、罪を償《つぐな》うべきなんだ』

「罪を償う？　それは警察に逮捕されて、裁判を受けるってことか？　そうすれば、自分たちのやったことがなかったことになるとでも言うのかよ？」

『なかったことになんかならない。けれど、真実が明らかになることでなにかが変わるはずだ。少なくとも、サファイヤの流通ルートは潰れて、屋上から飛び降りたあの子みたいに不幸になる人を減らせる。きっと、それが正しいことなんだ』

海斗は首を摑まれたまま、小馬鹿にするように鼻を鳴らした。

「なに青臭い理想論に酔っているんだよ。お前みたいな頭の悪いガキには分からないだろうけどな、この世界はそんなに生ぬるいもんじゃないんだよ。弱肉強食、甘ったれた奴らは踏み台にされちまうんだ。だから、僕はあのお姉さんを踏み台にして、前に進むんだよ」

『ちがう。前に進むために正しいことが必要なんだ』

岳士は首を絞めている右手にさらに力を込めた。

『だから、正しいことをするんだ。まずは彩夏さんを救おう。スネークの奴らと、……彼女のつらい過去から。そのあと、警察に行って全てを告白するんだ』

「ふざ……けるな……」

喉の奥から声を絞り出しつつ、海斗は左手で右手首を摑み、引き離そうとする。

「この身体は……、もう僕の……ものだ。もう、僕の……ものなんだ……」

『ああ、もうすぐ俺は消えて、お前が生き返る。そうしたら、あとはお前の好きにしてくれ。……けれど、もう一度だけ俺の好きにさせてもらう！』

岳士は思い切り右手に力を込めた。海斗の悲鳴じみた叫び声が響く。その瞬間、右肩から先しかなかった身体の感覚が一気に広がっていく。体幹、両足、そして顔面へと。

海斗の『支配領域』を押し返していく。

岳士は大きく息を吐いた。『支配権』が戻ってきた口を使って。

『……くそっ』

声が聞こえてくる。左手首から先のみにまで、『支配領域』を減らされた海斗の声が。

『こんなの一時的だ。お前が消えるのは変わらない。すぐにこの身体は、僕のものになる』

その通りだろう。けれど、それでいい。俺が消え去るまでの時間、残されたわずかな時間でやるべきことをしよう。

岳士は勢いよく身を翻《ひるがえ》した。

7

「お客さん、本当にここでいいんですか？　この辺、なにもありませんよ」

車を停めたタクシーの運転手が、振り返りながら声をかけてくる。

「ええ、大丈夫です。お世話になりました」

岳士はジーンズのポケットから一万円札を取り出すと、「おつりは取っておいてください」と運転手に手渡した。

タクシーを降りた岳士は、あたりを見回す。深夜の東京湾岸地帯。工場や倉庫が立ち並ぶこの一角を、まばらに置かれた街灯の明かりが薄く照らしている。岳士は深呼吸をする。夜の冷たい空気が、体にこもっている熱をいくらか希釈してくれた。

「さて、行こうか」

岳士は左手を見下ろす。しかし、返事はなかった。隠れ家だったバーを出てからこのかた、海斗はなにも喋っていない。意識がないのかとも思ったが、左手首から先の感覚はいまもないので、黙っているだけなのだろう。

早川殺しの真犯人である海斗に対する嫌悪感や怒りはいまもある。しかし、少し時間が経ち、真実を知ったときの衝撃が薄れるにつれ、それらの負の感情も弱まっていた。そもそも、生まれ落ちてから十八年、一番近くにいた存在。その情を捨てることはできない。それに、自分は嫉妬から海斗を一度殺している。海斗を断罪する資格などないのだ。海斗を警察に逮捕させ、しっかりと罪を償わせる。それが、残されたわずかな時間で自分がやるべきことの一つだ。

そしてもう一つは……。岳士は顔を上げ、数百メートル先に並び立つ倉庫群に視線を送る。

あそこにいる彩夏さん。彼女を本当の意味で救う。それができれば、もう思い残すことはなにもない。岳士は右の拳を握りしめ、歩き出した。

スマートフォンをポケットにねじ込むと、岳士は目の前に建つ廃工場を見上げた。殺されかけたこの場所に、戻ってくることになるとはな。

唇の片端を上げ、警戒しながらわきにある扉を開けて中へと入る。明かりの灯った工場内は、暗さに慣れた目にはやや眩しかった。目を細めつつ、岳士は内部の様子を素早く観察する。前に来たときと同じように、車の整備用の機材が雑然と置かれた空間。そこに、十数人の人影が見えた。

「岳士君！」

甲高い声が響き渡る。足音が聞こえ、そして体当たりするように人影がぶつかってきた。痛みを感じるほど強く、首に腕が回される。柔らかく、温かい感触とともに、薔薇《ばら》のような香りが鼻先をかすめた。

「……彩夏さん」

岳士は愛した女性の名を、自分を騙していた女性の名を呼ぶ。首に回された彩夏の腕に、さらに力が込められた。

「もう離さない……。絶対に離さないから……」

呪文のような囁き声が鼓膜を揺らした。喜びと恐怖を同時に感じつつ、岳士は周囲の状況の把握に努める。明順応をしてきた目が、工場内に広がる光景を捉えた。

カズマ、ヒロキ、その二人の部下たち、見慣れた顔がそろっている。岳士はその中の一人に目を止める。チンピラ風の長髪の男、その男に見覚えがあった。はじめて彩夏とあったとき、彼女に暴力をふるっていた男だ。別れてくれない恋人だというその男を追い払ったことをきっかけに、彩夏と親しくなった。そのはずだった。

彩夏がスネークのメンバーに元恋人を演じさせ、自分を騙していた。その現実を見せつけられ、奥歯が軋む。

「ようこそ、岳士君。うちのメンバーたちがいろいろと世話になったみたいだね」

よく通る声が工場内に響き渡る。バーで聞いた留守電と同じ声。岳士は工場の一番奥に立つ男に視線を向ける。長身の男だった。年齢は四十前後といったところだろうか。乾いた口の中を舐めて湿らせ、岳士は口を開く。

「あんたが、スネークのボスか？」

「ああ、そうだよ。久しぶりだね」

「久しぶり？」

岳士は眉間にしわを寄せる。たしかに、男の顔に見覚えがある気がした。しかし、どこで会ったか思い出せない。

「忘れたかい？　僕の店に来てくれたじゃないか。その女と熱いダンスを踊っていただろ」

記憶が弾ける。彩夏に連れられて行った六本木のクラブ。そこでバーテンをしていた男だ。

最初から、俺はずっと彩夏とスネークの掌の上で踊っていたのか。岳士は唇を噛む。

「しかし、まさかお前、人を殺して追われているとはね。彩夏に言われても信じられなかったから、顔見知りのサツに金摑ませて情報を貰ったんだ。そうしたら本当だった。いやあ、さすがにビビったよ。そのうえ、そんな状態でうちのチームに入り込んで、サツに情報流していたとはな。お前さ、結局なにが目的だったんだよ？」

早川殺しの真犯人を見つけ、自分にかかった容疑を晴らすこと。それが全ての目的だった。そのために、必死に走り続けてきた。しかし、その果てにたどり着いたのは、自分こそが殺人犯だという真相だった。

あまりにも滑稽な喜劇。岳士は弱々しく苦笑を浮かべることしかできなかった。

「答えねえか。まあいいさ。お前みたいな頭の線が切れている男のことなんて、大して興味ねえからな。それよりお前、なんで来たんだ？　あんなメッセージ残しといてなんだけどな、まさか来るとは思ってなかったよ」

「彩夏さんを助けるために決まっているだろ」

「助ける？」

ボスが嘲笑するように言う。抱きしめている彩夏の体から、かすかに震えが伝わってきた。

「お前、本気で俺たちがその女を攫ったと思っているのか？　その女から提案してきたんだよ。お前をおびき出したいから協力しろってな。お前ら、どんな関係なんだ？　あんまり鬼気迫っていたんで引いちまったよ。まあ、よく話を聞くと、いい取引なんで乗ってやったけどな」

海斗が言っていた通り、これは彩夏の仕組んだ罠だった。しかし、それを知っても失望はしていなかった。いま、腕の中に愛しい女性がいるのだから。

「取引材料は、サファイヤのレシピか？」

「ああ、そうだ。あのクスリのレシピさえ手に入れれば、海外の闇工場に依頼して、これまでと比べものにならないぐらいの量のサファイヤを作れる。とんでもない金が手に入るぞ。なんでもできる！　なんでもだ！　俺たちがこの国の裏社会を仕切ることだって夢じゃねえ」

顔面を紅潮させながらまくし立てるボスを、岳士は冷めた目で見つめると、ズボンの背中側に挟んで隠していた大学ノートを取り出した。

「これにサファイヤのレシピが書いてある。これを渡す。だから、彩夏さんは連れていく」

首筋に顔をうずめていた彩夏が軽く身を引き、大きく見開いた目で岳士を見つめた。

「岳士……君……？」

おずおずと名を呼ぶ彩夏に、岳士は優しく微笑んだ。

「彩夏さん、さっきは酷《ひど》いことを言ってごめん」

「赦《ゆる》して……くれるの？」

彩夏の表情がぐにゃりと歪む。

「ああ、赦すよ」

ずっと騙していたことも、サファイヤ漬けにしたことも。

その全てを赦したうえで、彩夏に伝えないといけないことがある。けれど、そのためには、まず安全な場所まで移動する必要があった。

「ほら、受け取れよ」

フリスビーのように岳士が投げた大学ノートは、ボスの足元まで床を横滑りしていった。岳士は息を殺して、スネークのメンバーたちの次の行動を待つ。

ボスはノートを拾うことなく、口元に手を当てた。掌の下から笑い声が漏れてくる。それに倣《なら》うように、周りの男たちも笑いはじめた。工場内に何重もの嘲笑がこだまする。

「馬鹿かお前。もうこんなものなんの意味もないんだよ」

ボスは無造作に、大学ノートを踏みつけた。

「もう、サファイヤのレシピはその女から教えてもらっている。あとは俺たちが独占できるように、このノートを処分できれば良かったんだ。わざわざ運んできてくれてありがとうよ」

ああ、やはり海斗の予想は当たっていたのか。最悪の事態に陥っていることを理解しつつ、岳士は右手の拳を握りしめる。

「なんにしろ、もう俺たちに用はないだろ。行かせてもらうぞ」

早口で言うと、岳士は彩夏を促して振り返る。しかし、いつの間にか出口の前には数人の男が立ち塞がっていた。

「残念だけどな、そういうわけにはいかねえんだよ」

背後から、ボスの声が響いてくる。彩夏が勢いよくボスに向き直った。

「どういうこと！　約束したでしょ。レシピを教える代わりに、岳士君を私が貰うって！」

悲鳴じみた声で彩夏が叫ぶと、ボスは酷薄な笑みを浮かべる。

「馬鹿かよ、お前。サファイヤのレシピは、独占していてこそ意味がある。甘い汁吸ってきたお前が一番よく知っているだろ。お前らを逃がしたら、他の組織にもレシピが流れちまう」

「そんなことしない！　私は岳士君と一緒に海外にでも逃げる。だから放っておいて！」

「馬鹿だな。本当に馬鹿だ。そんな口約束、俺たちが信じるとでも思っているのかよ。お前はずっと、感情のない機械みたいに淡々とサファイヤを作ってきた。ずっとレシピを奪いたかったけど、まったく隙がなかった。そんな女でも、男が絡むとこんなに愚かになるんだな」

ボスがゆっくりと顔を左右に振るのを、彩夏は絶望的な表情で眺めた。

「安心しろ。お前には感謝しているんだ。これまでかなり稼がせてくれたし、最終的にレシピまでくれたんだからな。楽に殺してやるよ。そして、遺体はその男と一緒に沈めてやる」

彩夏は横目で岳士を見る。こわばっていたその表情がかすかに緩んでいった。

「ごめん……、岳士君、ごめんね。けど、二人で一緒に死ねるなら、それも……」

途切れ途切れの涙声を絞り出す彩夏の腰に、岳士は右腕を回して引きつける。驚きの表情を浮かべる彩夏の唇に、岳士は自分の唇を押し当てた。

こわばっていた彩夏の体から、ゆっくりと力が抜けていった。

周りの男たちがはやし立てるような声を上げるが、岳士の耳には届かなかった。ただ、折れるほどに強く、彩夏の体を抱きしめる。

ずっとこうしていたかった。このまま消えてしまえれば、どれだけ幸せだろう。けれど、まだやるべきことがある。

数十秒、口づけを交わし続けたあと岳士は身を引いた。不安げな眼差しを向けてくる彩夏に「大丈夫」と微笑むと、岳士はボスに向き直る。

「見せつけてくれるねぇ」

ボスは皮肉っぽく唇の片端を上げる。

「で、お別れはすんだのかい。悪いが、お前は楽にってわけにはいかねえぞ。うちの奴らが、お前に借りがあるんでな」

ボスは男たちに向かって目配せをする。それと同時に、奇声を上げながらドレッドヘアーの男が鉄パイプを振りかぶって走ってきた。

ヒロキだった。先日、岳士に鼻を叩き折られた男が、目を血走らせながら近づいてくる。

岳士は彩夏の肩を軽く押して距離を取らせると、両手を胸の前まで上げて叫ぶ。

「海斗！」

返事はなかった。しかし、左の拳が力強く握られた。ファイティングポーズが完成する。

「死ねぇ！」

怒声とともに、ヒロキが鉄パイプを水平にフルスイングして頭部を狙ってくる。しかし、大ぶりなその攻撃は、一流のボクサーである岳士にとってはスローモーションにしか見えなかった。両膝を曲げ、上半身をかがめてダッキングでそれを避けると、後ろ足で地面を蹴って一気にヒロキの懐へと飛び込む。

恐怖に歪むヒロキの顔面に、腰をコンパクトに捻りながら放った左フックがめり込む。再び鼻を折られ、脳を激しく揺さぶられたヒロキは、吹き飛ぶように顔面から倒れると、ぴくぴくと細かく痙攣した。

ファイティングポーズを取ったまま息を整える。そのとき拍手が響きわたった。

「いやあ、強いな。話に聞いていた以上だ。残念だよ、うちのチームのメンバーならいい戦力になったのによ。しかし、ヒロキは情けないな。どうしても自分の手で殺したいって言うから、最初に仕掛けさせてやったのに。……さて」

ボスが手を鳴らすのをやめる。それと同時に、工場内の男たちが次々に、ポケットからナイフなどの凶器を取り出しはじめた。

「それじゃあ、夜も遅いしそろそろ終わりにしようか」

男たちがにじり寄ってくる。彩夏を背中にかばうように立ちながら、岳士はせわしなく男たちに視線を送った。

武器を持った男が十人以上。勝てるわけがない。どうする？　どうすればいい？　助けを求めるように左手を見る。しかし、こんな状況にもかかわらず、海斗はなにも言わなかった。

左手から視線を引き剝がした岳士は、大きく息を吐く。

そうだ。さっき決めたじゃないか。もう、終わりにすると。

十八年間、海斗に頼り続けてきた。だから、死んでからもあいつは俺の左手に宿って助け続けてくれたのだ。けれど、最期のときぐらい、あいつに心配をかけないようにしよう。

海斗が早川を殺したことも、自分を騙して消し去ろうとしていることも、いまはどうでもよかった。ずっとそばに寄り添ってくれていた自分の分身に対する感謝の気持ちだけが、胸の奥から湧きあがっていた。

俺一人の力で、この場を乗り切る。決意を固めた岳士の瞳が、一人だけ武器を持たず、つまらなそうな表情で近づいてくる男を捉える。カズマ。二度拳を交えた空手使い。

こいつだ！　岳士はカズマを睨みつける。

「また卑怯な手を使うのかよ！」

「……卑怯？」

カズマの片眉がピクリと上がった。

「そうだ。俺にかなわないからって、この前は他の男たちに助けてもらった。そして今度は、こんな人数で袋叩きか。お前、このチーム一の武闘派なんだろ。恥ずかしくないのか」

「てめえ……」

カズマの顔が歪み、頰に赤みが差してくる。

乗ってこい。乗ってくるんだ。心の中でくり返しながら、岳士は挑発を続ける。

「タイマンも張れないくせに、偉そうにふんぞり返っているんじゃねえ。まだあんたとは決着ついてねえだろ。腰抜けじゃないっていうなら、俺と最後に勝負をしてみろよ」

どうだ？　一息にまくしたて、カズマの反応を待つ。カズマは殺気の籠った視線を岳士に向けたまま、押し殺した声を上げた。

「ボス、……いいですよね？」

かかった！　内心で歓喜の声を上げながら、岳士は再び両拳を胸の前で構える。カズマも重心を落とし、細かく前後に揺れはじめた。

「しかたねえ奴だな。まあ、いいぜ。……好きにしな」

そのボスの言葉が開始のゴングとなった。岳士とカズマは構えたまま、じりじりと間合いを詰めていく。観客となった男たちがヤジを飛ばしはじめる。

数メートルあった二人の距離が、手を出せば届く距離にまで近づく。その瞬間、カズマの体がコマのように回転した。遠心力を利用した後ろ回し蹴りを、岳士は両手を交差させて防ぐ。しかし、体重が乗ったその蹴りの威力は、予想をはるかに上回っていた。バランスが崩れ、岳士は後ろにたたらを踏む。その隙をカズマは逃がさなかった。

一気に間合いを詰めてくると同時に繰り出された前蹴りが、岳士の腹に突き刺さった。爪先で水月《すいげつ》を貫かれ、喉を胃酸が逆流してくる。

回復する時間を稼がないと。岳士は左ジャブを繰り出し、カズマを突き放そうとする。しかし、カズマは容易にそのジャブを見切ると、半身を切りつつ懐に潜り込んできた。

「はっ！」

息吹とともにくり出された重い肘打ちに、再び内臓を抉られた岳士は、後方にもんどりうって倒れた。男たちが一際大きな歓声を上げる。

岳士は慌てて起き上がろうとするが、腹の鈍痛で体が思うように動かない。しかし、カズマは追撃しては来なかった。

「立て」唇の端を上げながら、カズマが見下ろしてくる。

徹底的に痛めつけて、武闘派としての威厳を見せつけるつもりか。意図を悟った岳士は、少しでも回復する時間を稼ぐために、緩慢に立ち上がった。

倒れた時点で追い込まれていたら、間違いなく勝負がついていた。カズマの余裕はありがたかったが、同時に焦ってもいた。なぜカズマが一気に勝負を決めなかったのか、その理由が痛いほどに分かっていた。

実力が違い過ぎる。

最初、六本木の裏路地で対峙したときは互角、いや、体格でまさっている分、自分のほうに分があっただろう。しかし、サファイヤの乱用、そして十日間の監禁。それによって、岳士の戦闘能力は明らかに衰えていた。最初の攻防だけで、勝てないと確信できるほどに。

カズマもそのことに気づいているだろう。だからこそ、時間をかけていたぶると決めたのだ。

カズマが構えることもせず大股で、無造作に間合いを詰めてくる。近づかれたらまずい。岳士は左ジャブを数発放って距離を保とうとする。しかし、腹の奥にわだかまる鈍痛に、拳のスピードを奪われていた。カズマが軽く首を振ってジャブを避けると、右の中段蹴りをくり出してきた。これ以上、腹にダメージを受けたら動けなくなる。岳士は必死に手を下げてそれをガードしようとする。しかし、当たる寸前、その足は軌道を変え、顔面に向かって飛んできた。岳士は必死に身を反らす。鼻先を蹴りがかすめていった。

なんとか避けた。そう思った瞬間、太腿に激痛が走った。右足が着地すると同時に、入れ替わるように放たれた左下段蹴りが腿を捉えていた。後ずさる岳士に、カズマは容赦なく攻撃を仕掛けてくる。

蹴り、突き、肘打ち、果ては頭突きまで。体がなまっている岳士は、そのスピードに対応することができず攻撃を受ける。ついには体を丸め、両腕で頭部を覆って、サンドバッグのように打たれ続けることしかできなくなった。

「岳士君！」

彩夏の叫び声が聞こえるが、暴風雨のような打撃に晒されて顔を上げることもできない。

間に合わない。このままじゃ、犬死にになる。

誰か！　誰か助けてくれ！　内心でそう叫んだ瞬間、左肩から先の感覚が消え失せた。

『まったく。本当に世話のやける奴だなぁ』

この状況に似合わない、軽い声が聞こえてくる。同時に、左腕が勝手に動き、カズマの蹴りを叩き落とした。突然の反撃にバランスを崩したカズマは、後ろに飛びずさって間合いを取る。

「海……斗……？」

岳士は呆然と左手を見つめる。

『そうだよ。どうしたんだい？　そんな不思議そうな声を出して』

「助けて……くれるのか？」

『一人で任せようと思っていたけど、見てられなくなったからね。本当に僕がついていないとダメだね』

「……ああ、そうだな。やっぱり俺にはお前がいないとダメなんだよ」

胸の奥から熱いものが溢れ出してくる。自分を騙し、そして身体を乗っ取ろうとしている相手になぜこんな感情が湧くのか、自分でも分からなかった。

『でも、お前を助けるのはこれが最後だ。……分かっているな』

「……ああ、分かってる」

そう遠くない未来、俺は消滅してしまうだろう。けれど、それで構わなかった。ここさえ乗り切れば、もう思い残すことはないのだから。

左手が指を鳴らす。

『よし、それじゃあ、兄弟最後の協同作戦といくか！』

「おう！」

威勢よく返事をすると、岳士は右手を胸の前に上げる。左手は拳を開き、中国拳法の構えのように、カズマに向かって掌を向けた。さっきまでとは全く違うファイティングポーズに、カズマの表情に戸惑いが浮かぶ。

「カズマ、なにとろとろしてんだよ。もう相手はボロボロだろ。さっさとケリつけねえか」

ボスにはっぱをかけられたカズマは、小さく頷くと一気に間合いを詰めてきた。

『キックは僕が対処する。お前はパンチだけ対応してくれ』

海斗が早口で言った瞬間、後ろ回し蹴りが飛んできた。しかし、踵《かかと》が腹に突き刺さる寸前、左手がそれを叩き落とす。小さく舌打ちすると、カズマは顔面に向かって鉤《かぎ》突きを放ってくる。しかし、岳士は軽く身を反らして、スウェーでその突きを避ける。海斗が操る左手が鞭のようにしなり、空振りでバランスを崩しているカズマの顔面に、裏拳を叩き込んだ。

それほど強い裏拳ではなかったが、鼻っ柱を叩かれたカズマは顔を押さえて後ずさる。その隙を逃すことなく、岳士は一気に間合いを詰めると、渾身《こんしん》の右ストレートを放った。カズマは慌てて両手を交差させて顔面を守るが、岳士はかまうことなくその上から拳を叩き込んだ。体格で勝る岳士の一撃を受けたカズマは、一メートルほど吹き飛ばされ、尻餅をつく。

「もうおしまいか」『もうおしまいかい?』

岳士と海斗の声が重なる。カズマの顔が怒りで歪んだ。跳ねるように飛び起きると、蹴りと突きの雨を浴びせてくる。

ついさっきまで、この波状攻撃に対応できなかった。スピードに翻弄され、いいように打撃を浴びていた。しかし、もうカズマの攻撃は当たらなかった。

縦横無尽に動く左手が蹴りを素早く叩き落としていく。そのおかげで、岳士は突きにのみ集中することができていた。

パンチによる攻撃に特化してトレーニングを積んでいるボクサーにとって、空手家の突きは脅威ではなかった。さっきまでは、蹴りとのコンビネーションで翻弄されていたにすぎない。

岳士は上体を振り、右手で払い落とし、そしてフットワークで間合いをコントロールすることでカズマの突きを外していく。

突きや蹴りが空を切るたびに、その隙をついて岳士と海斗は拳を叩き込んでいった。攻撃を出すたびにカウンターを取られるカズマの体には、ダメージが刻まれていく。瞼《まぶた》は腫《は》れあがり、鼻は曲がって血が垂れている。それにつれ、攻撃の威力も下がってきた。周囲で歓声を上げていたスネークのメンバーたちも、いつの間にか声を失っている。

正拳突きをダッキングで避けた岳士が、カズマの鳩尾《みぞおち》にボディストレートを打ち込む。「うっ」というくぐもった声を漏らしつつ、カズマは数歩後ずさる。

「なんでだ？　なんで……？」

切れて血が滲むカズマの唇の隙間から、弱々しい声が漏れる。岳士はふっと、口角を上げた。

「悪いな。こっちは兄弟タッグだからだよ」

「ちくしょう！」

カズマは一際大きな咆哮《ほうこう》を上げると、大きく跳び上がり、岳士の顔面に向かって飛び蹴りを放ってきた。顔に向かって迫ってくる靴を、岳士は微笑みながら眺める。避けるつもりなどなかった。そんな必要はないから。

顔面に飛び蹴りが食い込む寸前、左手が無造作にカズマの足を払う。蹴りの軌道がずれ、カズマは岳士のすぐそばにバランスを崩しながら着地した。

絶望に満ちた表情で、カズマは岳士を見上げる。

『さて、仕上げといこうか』

「ああ」

岳士は返事をすると、握り込んだ右の拳を構える。同時に、左の拳も固く握りしめられた。

岳士は思い切り腰を捻る。左腕がしなりながら弧を描き、拳がカズマの肝臓を貫いた。強烈なレバーブローを食らったカズマは、体をくの字に折りたたんでえずく。岳士は弓を引くように、右拳を引き絞った。

攻撃の気配に気づいたのか、カズマは口の端から唾液を垂らしたまま、岳士を見上げる。虚ろな瞳が大きく見開かれた。

これで終わりだ。岳士は右拳を振り下ろす。渾身のチョッピングライトがカズマのこめかみを捉えた。痺《しび》れるような手応えが、拳頭から脳天まで突き抜ける。

吹き飛ばされるように倒れ、側頭部を床に叩きつけられたカズマは、一度大きく痙攣すると、全く動かなくなった。

倉庫内に静寂が降りた。誰も喋らなかった。誰もが、壮絶な決着に言葉を失っていた。

ゆっくりと戦闘態勢を解いた岳士は、啞然とした表情で立ち尽くしているボスに向き直る。はっと我に返ったボスが岳士を睨んだ。

「調子に乗るなよ！」

どこか上ずった声でボスは叫ぶ。

「てめえがいくら強くたって、この人数を相手にできるとでも思っているのか！　どっちにしろ、お前は今晩、魚の餌になるんだよ」

「それはどうかな？」

穏やかな声で岳士は言う。ボスの眉がピクリと上がった。

「どういう意味だ？　タイマンに勝ったからって、見逃してもらえるとでも思っているのか？　周りの状況が把握できてねえのかよ！」

『周りの状況が把握できていないのは、どっちだろうねえ』

海斗がおかしそうに言う。岳士も思わず忍び笑いを漏らした。

「てめえ、なにがおかしいんだ！」

怒声を上げるボスを見つめながら、岳士は唇の前で右手の人差し指を立てた。

「そんなに興奮するから、周りの状況が分からないんだ。よく耳を澄ましてみな」

「耳を……」

視線を彷徨《さまよ》わせたボスの顔がこわばる。スネークのメンバーたちにも動揺が広がった。

はるか遠くから響いてくる、サイレン音に気づいて。

「まさか⁉」

ボスが悲鳴じみた声を上げる。

「ああ、そうだよ。もうすぐ、ここに大量の警官が押し寄せてくる。ああ、ちなみに電話は繋《つな》ぎっぱなしだから、これまでの会話も全部聞かれているよ」

岳士はジーンズのポケットからスマートフォンを取り出す。この工場に入る直前、スマートフォンで番田に電話をして伝えた。ここに、自分とスネークのボスがいると。

これまで頑《かたく》なに捜査本部と距離を取ってきた番田だが、さすがにこの状況なら迷うことなく情報を上げるだろう。そうすることによって、殺人犯の逮捕とサファイヤの流通ルートの壊滅という、とんでもない金星を挙げられるのだから。

「馬鹿野郎！　なに考えてんだ。お前も警察に追われているんだろ⁉」

ボスの顔から血の気が引いていく。

「俺はもう、逃げるのをやめたんだ」

岳士はスマートフォンの電源を切ると、肩をすくめた。サイレン音がはっきりと聞こえるほど近づいている。おそらく、この工場群の敷地内にまで侵入してきているだろう。ボスは「畜生！」と吠えると、出口に向かって走り出す。それを見て、他のスネークのメンバーたちもあとに続いた。まだ歩けないヒロキは、二人の部下が支えて連れていくが、意識が戻っていないカズマは放置されていた。

「仲間なんだから連れていってやれよな」

つぶやきながら、岳士は細く息を吐く。これでスネークは壊滅するはずだ。あとは……。

岳士は振り返ると、唖然として立ち尽くしている彩夏に近づいていく。

「彩夏さん」

目の前に近づいて声をかけると、彩夏は軽く身を震わせた。

「わ、私たちも逃げないと！　早く！」

「彩夏さん」

岳士は再び彼女の名を呼ぶと、柔らかく右手でその肩に触れる。

「このまま、警察を待とう」

「そんな⁉　そんなことしたら、二人とも捕まっちゃうでしょ！」

「それでいいんだよ。いや、そうしないといけないんだ」

穏やかに、諭《さと》すように言う岳士を、彩夏は幽霊でも見たような表情で見つめる。

「これまで、本当にありがとう。彩夏さんのこと、本当に愛してたよ。けれど、ここでお別れだ。みんな、自分のやって来たことの責任を取らないと」

彩夏はサファイヤによって人々を苦しめたこと、海斗は早川を殺したこと、そして俺は……海斗を殺したこと。

彩夏と海斗は刑務所で罪を償い、そして自分は消え去る。それが、岳士が決めた責任の取り方だった。

「なに……言ってるの？　私たちはずっと一緒でしょ。ずっと、一緒にいないと……」

彩夏の目が焦点を失っていく。彼女はふらふらとおぼつかない足取りで、工場の一番奥にある大きな作業台へと近づいていった。岳士は無言のまま彼女のあとを追う。

「だめ……、私たちは二人で逃げるの。誰も追いかけてこない所に……」

ドライバーやペンチ、小型の電ノコ、万力などが置いてある作業台の上から錆びたナイフを手に取った彩夏は、突然それを岳士の胸元へ突きつけた。

「いますぐ私と逃げなさい！　そうじゃなきゃ、私がここであなたを殺す！」

「どうして？」

岳士は動揺することなく、笑みを浮かべたまま訊ねた。

「あなたを愛しているからに決まっているでしょ！　あなたを失ったら、またあなたを失ったら、私はもう……」

ヒステリックに叫びながら、彩夏はナイフを進める。刃先が岳士のシャツを軽く破った。

「彩夏さん。その『あなた』っていうのは誰？」

「……え？」

彩夏は虚《うつ》ろな目をしばたたかせた。その隙をつくように、岳士は右手で胸に突きつけられているナイフを鷲摑みにした。ナイフの刃の部分を直接。

「なっ、なにを……」

彩夏はナイフを引こうとする。しかし、岳士は力を込めて刃を摑み、それを許さなかった。掌の皮膚が切れ、鋭い痛みが走る。拳の中から血液が溢れ出した。彩夏の表情に恐怖が走る。

「答えてくれ、彩夏さん。その『あなた』っていうのは誰のことなんだ。俺なのか、それとも……弟さんのことか？」

彩夏の口から「ひっ」という、しゃっくりのような音が漏れた。岳士は追い打ちをかけるかのように、言葉を続ける。

「……タカシ」

その名を口にした瞬間、彩夏の顔の筋肉が蠕動《ぜんどう》しはじめた。喜怒哀楽、どれともつかない表情がその顔に浮かぶ。

「それが弟さんの名前だろ？」

彩夏は答えなかった。それでも、岳士には十分だった。

「彩夏さんにとって、俺は弟の代わりだった。俺がそばにいれば、弟が生き返ったような気がしていたんだろ。つらい現実を忘れられたんだろ」

容赦なく、岳士は言葉を叩きつけていく。その度に、彩夏の華奢《きやしや》な体が震えた。迷子の幼児のような表情で彩夏は細かく顔を左右に振る。

その痛々しい姿に罪悪感をおぼえつつも、岳士は攻撃の手を緩めなかった。弟を、唯一の家族を失って、彼女は壊れてしまったのだろう。それなら一度完全に、完膚なきまでに壊されないと、前に進むことはできないのだ。自分がそうであったように。

「俺はタカシじゃない」

岳士はとどめとなるその一言を、彩夏に打ち込んだ。

「似ている人間をそばに置こうが、クスリでつらさを誤魔化そうが無駄なんだよ。彩夏さんはもう二度と、弟さんと話すことも、触れることも、そして謝ることもできないんだ。……だって、あなたの弟はもう死んだんだから」

ナイフの柄を離した彩夏は、銃弾で撃ち抜かれたかのように胸を押さえた。その目から涙があふれる。

「ねえ、彩夏さん」

岳士はナイフの刃を離すと、右手で彩夏の頬に触れる。陶器のように白く滑らかな頬に、赤い血でメイクが施された。

「大切な人がいなくなるのはつらいよね。本当につらくて、心臓が押しつぶされそうだよね」

彩夏の目から溢れた涙が、頬についた岳士の血液と混じって滲む。

「けれど、残された者はそれを受け入れないといけないんだよ。受け入れて、前を向いて歩いていく。それが、死んだ大切な人のためにできる唯一のことなんだと思う」

岳士は、彩夏に、そして海斗に向かって想いを伝える。

俺は海斗の死を受け入れることができなかった。だから、海斗は左手に宿った。けれど、それでも俺は海斗を失望させ続けた。そんな俺に愛想をつかしたからこそ、海斗は早川を殺してまでこの身体を乗っ取ろうとしたのだろう。

または、苦しみ続ける俺を見ていられなかったから。いまはそんなふうに思えていた。

俺は最後まで間違え続けた。けれど、彩夏さんはまだ立ち直れるはずだ。愛した女性を救う。それが最後の仕事だ。

岳士は右の拳を握りしめる。熱い血液が床に零れ落ちた。

「けれど……、私はタカシを忘れられない。あの子を……忘れたくない」

彩夏は声を絞り出す。岳士はゆっくりと首を横に振った。

「忘れる必要なんかないんだよ。大切な人が自分の胸の中に生きていることを忘れずに進んでいく。きっとそれが正しいことなんだよ」

「胸の中に……、あの子が……」

彩夏の口から小さな嗚咽が漏れる。それで堰《せき》を切ったかのように、深い慟哭が響き渡った。

両手で顔を覆いながら、彩夏は泣き続けた。

これまで胸に溜まっていた毒をすべて吐き出すかのように。

「ごめんなさい……、本当に……ごめんなさい……」

しゃくりあげながら、彩夏は切れ切れに謝罪の言葉を絞り出す。それが自分に向けてなのか、サファイヤで苦しんだ人々に向けてなのか、それともその死に向き合ってこられなかった弟に対してなのか、岳士にも分からなかった。

工場の外からかすかに怒号のようなものが聞こえてくる。おそらく、スネークのメンバーが警官に逮捕されているのだろう。もうすぐ、ここにも警官がやってくる。

岳士が泣き続ける彩夏を抱きしめようと思った瞬間、それは起こった。

唐突に、左腕の感覚が消え去った。

「海斗⁉」

岳士が驚きの声を上げた瞬間、左手が伸び、彩夏の喉を鷲摑みにすると、そのまま背後にある壁に叩きつけた。涙で濡れ、充血した彩夏の目が大きく見開かれる。

「やめろ！　なんのつもりだ⁉」

叫びつつ、岳士は右手で左手首を摑み、彩夏から引き剝がそうとする。それと同時に、岳士の『支配領域』が右肩から先に縮小した。体の大部分の『支配権』が海斗へと移動していた。

「分からないかい、岳士？　このお姉さんを殺すんだよ」

「岳士……君？」

苦痛の表情を浮かべながら、彩夏が弱々しく言う。

「岳士じゃない、僕は海斗っていうんだ。こいつの左手に宿った、死んだ兄の人格さ。まあ、もうすぐこの身体を頂く予定だけどね。よろしく、お姉さん。仲良くなる時間はないけど」

海斗はからかうような口調で言う。岳士は気合を込めると、必死に『支配領域』を戻そうとする。左腕以外の『支配権』が戻ってきた。

「やめろ、海斗。なんでこんなことをするんだ⁉」

叫びながら左手を離そうとするが、一瞬でまた『支配領域』を押し戻され、右腕以外の『支配権』を失う。

「なんで？　お前はこのお姉さんにボロボロにされただろ。その責任を取ってもらうのさ。それに、このお姉さんが死んだら、なにかと都合がいいんだよ」

都合がいい。その言葉の意味を、岳士はすぐに理解する。彩夏が逮捕され、早川が殺された夜のことを証言すれば、犯人が海斗であるということが明らかになる。しかし、その証言さえなければ、彩夏に早川殺しの罪をなすりつけることは十分に可能だ。

錬金術師である彩夏が脅迫され、あの夜、河川敷にやってきたのは事実なのだから。サファイヤのレシピや、早川の血がついた手帳など、それを裏付ける証拠も持っている。彩夏の口を塞ぐことで、彼女に殺人の罪を肩代わりさせる。そんなこと……。

「そんなこと、させるかよ！」

再び、岳士は『支配権』を大きく取り返すが、すぐにまた、右肩から先まで押し戻される。身体の中で、岳士と海斗の境界が、振り子のごとく揺れていた。

「無駄だよ、岳士。さっきまでお前がこの身体の大部分を支配できていたのは、スネークたちを逮捕させ、このお姉さんを救うっていう目的があったからだ。その目的が果たされて、緊張の糸が切れたんだよ。サファイヤの影響で消えかけているお前に、もう僕を止める力は残っていない。お前も分かってるだろ？」

海斗の言うとおりだった。自分と海斗の力関係が、圧倒的に相手側に傾いているのを岳士は感じとっていた。

「心配するなって。あとのことはうまくやるよ。僕は無実の容疑を掛けられた哀れな高校生として保護されるんだ。……このお姉さんを殺してね」

海斗は声を低くすると同時に、彩夏の首を絞める力を強める。壁に押し付けられている彩夏の体が浮き上がった。必死に足をばたつかせる彼女の顔から血の気が引いていき、真っ青な唇の端から細かい泡が漏れだした。

このままでは本当に彩夏が殺されてしまう。どうすれば……。必死に頭を働かせる岳士は視界の隅に置かれているものに気づき、それに向かって右手を伸ばす。小型の電ノコに向かって。

取っ手を摑み、スイッチを入れると、唸《うな》るような音を立てて電ノコの刃が回転しだした。

「ん？　それでどうするつもりだい？」彩夏の首を絞めたまま、海斗が楽しげに言う。

『彩夏さんを放せ！　いますぐに！』

岳士は叫ぶ。海斗にしか聞こえない声で。

「嫌だって言ったら、それで左手首を切るのかな？」

『ああ、そうだ。お前の本体は左手だ。そこさえ切り落とせば、お前は消えるはずだ』

「たぶんそうだろうね。けれど、お前にはできないよ。これまでずっとできなかっただろ」

『彩夏さんを放さないなら、俺はやる！　本気だぞ！』

「もう一回僕を殺すっていうのかい？　お前が？　僕の指示がないと、なにも決められなかったお前が？」

海斗は首を反らすと、天井に向かって笑い声を上げた。岳士は、電ノコを持つ手に力を込める。彩夏の足の動きが弱くなる。その双眸《そうぼう》からは、意思の光が消え始めていた。

『すぐに放すんだ！　本当に切り落とすぞ！』

「やるなら早くやれ、この腰抜けが！　早くしないと、お前の愛した人が死ぬぞ！」

海斗の罵声が響くと同時に、岳士は電ノコを振り上げた。海斗との記憶が、走馬灯のように頭に蘇る。

「やるんだ！」

海斗の怒声が空気を震わせる。

『うわあああああー！』

声にならない絶叫とともに、岳士は電ノコを左手首に向かって振り下ろした。

何かに引っかかるような手応えと、硬いもの同士がぶつかり合う音が響いたあと、電ノコの刃が床に叩きつけられた。

痛みは感じなかった。ただ、半身がもがれたかのような激しい喪失感が襲い掛かってきた。

目の前が真っ暗になり、なにも見えなくなる。

『……よくやった。それでいいんだよ』

かすかに、海斗の満足げな声が聞こえた。

「海……斗……」

ずっとともに生きてきた兄の名を呼びながら、岳士の意識は闇の中に沈んでいった。

8

目を開けると、目映《まばゆ》い光が飛び込んできた。岳士は呻きながら、顔の前に右手をかざす。

「ここは……」

頭蓋骨に鉛が詰まったかのように重い頭を回して、周囲を確認する。そこは六畳ほどの部屋だった。その窓際に置かれたベッドに横たわっている。

過剰なほどの清潔感が漂う殺風景な部屋。この雰囲気は知っていた。

「病室？」

バイク事故で負傷したとき、入院していた部屋にそっくりだ。

霞がかかっているかのように重い頭を振って、岳士は必死に状況を把握しようとする。

スネークの奴らが待ち構えている工場跡に行き、彩夏さんを助け出し……。

激しい頭痛が走り、岳士はこめかみを押さえる。なぜか、そのあとのことが思い出せなかった。岳士は毛布の下に隠れている左手に視線を向ける。いつもと同じように、手首から先の感覚がない左手に。

「海斗。どうなっているんだよ？」

話しかけるが、海斗からの返事はなかった。

「無視するなって。いったいどうなっているんだ？　教えてくれよ」

やや語気を強めるが、やはり海斗はなにも喋らない。

「おい、なんとか言えよ！」

苛立ちつつ毛布をめくった岳士の口から、「え……？」という呆けた声が漏れた。

左手がなかった。

手首には厚く包帯が巻かれ、そしてその先にあるはずの手がなくなっていた。

その光景の意味が分からなかった。再び頭痛が襲い掛かってくる。それと同時に、意識を失う寸前の記憶が蘇ってきた。左手首に向かって、電ノコを振り下ろした光景が。

「ああ……、あああ……」

口からうめき声が漏れ出すと同時に、焼けつくような痛みが走った。存在しないはずの左手が炎で炙《あぶ》られているような痛み。数ヶ月前のあの日、海斗の手を放したときと同じような痛み。

岳士が包帯を押さえて体を丸めていると、出入口の引き戸が勢いよく開いた。

「よう、目が覚めたみたいだな」

だみ声とともに、熊のような体格をくたびれたスーツで包んだ男が入ってくる。

「ば、番田⁉」

先日、殴り倒した刑事の登場に、岳士は身構えた。驚きのせいか、痛みが弱まっていく。

「馬鹿野郎！　命の恩人を呼び捨てにすんじゃねえよ」

「命の恩人？」

聞き返すと、番田はつかつかと近づいてきて、見舞客用のパイプ椅子に勢いよく腰かけた。

「そうだ。一番乗りであの工場に乗り込んだ俺が、左手が切り落とされてるお前を見てすぐに救急車を呼んでやったんだ。ちょっと遅れていたら、出血多量でお前はあの世行きだったぞ」

「番田……さんが助けてくれたんですか？」

「まあ、俺だけじゃないけどな。俺が来るまで、桑島彩夏が必死にお前の傷口を押さえて止血していたらしい。そうじゃなきゃ、俺が見つけた時点で死んでいたかもしれないな。あと腕時計をきつく巻いていたのも良かったみたいだな。そのおかげで出血量も……」

「彩夏さん！」

岳士は番田のセリフを遮り、声を跳ね上げる。

「彩夏さんは無事なんですか？　どこにいるんですか」

「ああ、ギャーギャー叫ぶんじゃねえよ。やかましい。事後処理が落ち着いた昨日から、ずっとこの病院に引っ付いていたから寝不足なんだよ。頭に響くだろうが」

番田は虫でも追い払うように手を振った。

「ずっとって、俺はどれくらい眠っていたんですか？」

「三日だよ、お前はまるまる三日も眠り続けていたんだ」

「三日⁉」岳士は耳を疑う。

「ああ、そうだ。その間、大変だったんだぞ、お前を入院させるための手続きとかを、俺が引き受けることになってな」

「……それは、俺を殺人容疑で逮捕するためですか？」

口の中が乾燥していく。早川を殺したのは海斗、つまりは自分の左腕だ。その責任を取る覚悟は出来ていた。しかし、完全に恐怖が消せるわけではない。

「殺人容疑？　ああ、それなら心配するな。お前の容疑はもう晴れたよ。真犯人が自白したからな。桑島彩夏がな」

「彩夏さんが犯人⁉」

岳士はベッドから身を乗り出す。

「そうだよ。サファイヤを作っていたあの女は早川に脅迫されていた。だから、取引するふりをして早川を河川敷に誘い出して刺し殺したんだ。本人がそう認めている」

「違うんです！」

岳士は右手を伸ばし、番田のスーツの襟をつかむ。

「早川を殺したのは僕なんです！　彩夏さんは犯人なんかじゃないんです！」

岳士の告白を聞いた番田は、腫れぼったい目をしばたたかせたあと、ぷっと吹き出した。

「お前、なかなかかっこいいな。女の罪をかぶってやろうとするなんてよ。けれど、さすがに無理だぜ。桑島彩夏が証言したとおり、多摩川近くの用水路から早川を刺した凶器のナイフが発見された。それになにより、早川の爪の間に残っていた皮膚組織のDNAが桑島彩夏のものと一致したんだよ。襲われたとき、早川はとっさに犯人に摑みかかっていたんだろうな」

「凶器……？　DNA……？」

岳士は呆然とその単語をくり返す。

「お前が犯人だって決めつけていたから、捜査本部はそのDNAは事件とは直接関係ないと考えて、あまり重要視していなかったらしいな。まったく、間の抜けたことだ」

鼻を鳴らす番田のそばで、岳士は右手で頭を抱える。

早川を殺したのは海斗のはずだ。それなのに、なぜあたかも彩夏が犯人であるかのような証拠が出てくるんだ。これも海斗が仕組んだことなのか。

「なに難しい顔しているんだよ。安心しろって。お前にかかっていた殺人容疑は晴れたんだからな。それだけじゃねえ。スネークの連中も軒並み逮捕できた。お前に対する暴行容疑でな。これから奴らのアジトを捜索すれば、サファイヤの流通ルートを一網打尽にできるはずだ」

番田はいかつい顔に笑みを浮かべる。

「俺も捜査本部の連中を出し抜いて大手柄をたてられたよ。スネークの連中だけでなく、早川殺しの犯人まで俺の報告であげられたんだからな。それに免じて、お前がサファイヤの売買にかかわっていたことは忘れてやるよ。あと、俺を殴り倒したこともな」

拳を固めた番田は、自分のあごを軽く叩いた。

「あ、ありがとうございます」

混乱したまま岳士が礼を言うと、番田は「そのかわり」と岳士の目を覗き込んできた。

「お前を、俺が一人で逮捕しようとしたことも言うんじゃねえぞ。俺とお前の関係はうまく誤魔化しておく。俺は、他の情報提供者から情報を得てあの工場へ向かった。そういう筋書きにする。なあに、その辺りの工作は得意だから任せておけ。さて、話はこんなところかな。あんまり待たせるのも悪いし、そろそろ入ってもらうか」

「入ってもらう？　外に誰かいるんですか？」

番田は質問に答えることなく出入り口に向かうと、引き戸を開けて「お待たせしました」と慇懃《いんぎん》に言う。次の瞬間、飛び込むように病室に入ってきた男女を見て、岳士は声を上げる。

「母さん、父さん⁉」

久しぶりに会う両親が、ベッドに駆け寄ってきた。母親が勢いよく岳士に抱き着く。その細い腕から、震えが伝わってきた。

「良かった……。海斗だけじゃなく、あなたにまでもう会えないと思って……。本当に良かった……」

母親に抱きしめられながら、岳士は顔を上げる。普段から寡黙《かもく》な父親は、ベッドのそばで口をへの字に歪めていた。しかし、それは怒りを押し殺しているというより、嗚咽が漏れないように口に力を込めているように見えた。

「……生きていてくれてありがとう」

おずおずと伸ばした手で岳士の頭を撫でながら、父親が絞り出した声を聞いて、視界が滲んでくる。ずっと両親から疎《うと》まれていると思っていた。海斗の代わりに自分が死ぬべきだったと思われていると信じていた。けれど違ったのだ。

海斗と同様に、自分も愛されていた。自分と同じ顔をした出来の良い兄へのコンプレックスで、そのことに気づかなかっただけだ。

「母さん、父さん……ごめん」

謝った瞬間、ふっと体が軽くなった気がした。母親が一際大きな泣き声を上げる。

「それじゃあ、そろそろ俺はお暇《いとま》するよ。家族の時間の邪魔をしちゃいけないからな。また折りをみて、見舞いにくるからな」

出入口近くに立っていた番田が手を上げる。引き戸を開けて外に出ようとしたところで、彼は忘れ物でも思い出したかのように振り返った。

「ああ、そうだ。『彼女』から伝言を預かっていたんだ」

彼女、彩夏さんからの伝言。岳士は身を乗り出す。

「なんて言っていたんですか⁉　彼女はなんて？」

「『ありがとう。そして、さようなら』だってよ」

そう言い残して番田は病室から出ていった。

軽い音を立てて扉が閉まるのを、岳士はただ無言で眺めていた。

9

「……ただいま」

扉を開けて室内へと入る。数ヶ月ぶりに帰る実家の部屋は、もう何年も留守にしていたような懐かしさがあった。

二週間ほどの入院のあと、岳士は実家へと戻った。切断された左手の手術の傷もだいぶ落ち着き、今後の治療とリハビリは実家の近くの総合病院で行う予定だった。

二週間の入院の間、何度か警視庁捜査一課の刑事が話を聞きに来た。しかし、こっちが未成年の怪我人であるのと、殺人犯としてずっと追っていた負い目があるのか、それほど厳しい追及はされなかった。

毎日のように番田が見舞いという名目で、自分に不利なことを言っていないか確認しにくるのがうっとうしかったが、彼が色々とアドバイスをしてくれたおかげで刑事たちの質問にうまく答えられた。

大量に逮捕されたスネークのメンバーたちは、各々が保身のために他のメンバーの悪行について情報を漏らしているので、組織が行った犯罪が洗いざらい白日のもとに晒されはじめているらしい。所詮はサファイヤによって得られた莫大な金だけで繋がった、チンピラの集団。頭を失えば鉄の結束も脆かっただろう。

左手が切断された経緯について、岳士は番田のアドバイスに従って、「気を失っていて覚えていない。スネークの誰かにやられたんだと思う」という姿勢を貫いた。岳士への暴行を立証しなくても、スネークたちを十分に起訴できるためか、刑事たちも岳士の左手についてはあまり興味がなさそうだった。

治療が一段落した岳士を実家に連れて帰りたいと両親が訴えると、刑事たちは「今後、場合によっては裁判で証言をしてもらうかもしれません」とだけ言って、拍子抜けするほどあっさりと帰宅を認めてくれた。

岳士は窓際にある机へと近づくと、椅子に腰かけた。左手に痛みが走り、顔をしかめる。皮膚を縫い合わせて、切断された傷口を覆うという手術を受けていたが、その部分が痛むわけではなかった。まるで左手首から先に手があり、そこが炙られているかのような痛みを、頻繁に感じていた。

主治医はその痛みについて、こんなふうに説明した。

「それは幻肢痛、ファントムペインと言って、四肢を切断した人によく見られる症状だよ。切断面の神経が感じた痛みを、脳があたかもまだ切断された部位があって、そこが痛むように感じてしまうんだ」

　時間とともに幻肢痛は改善していくことが多いらしい。しかし、岳士にはこれが改善するとは思えなかった。なぜなら、まだ左手が、海斗がいなくなったことを受け入れられないから。

　早川を殺したのは海斗だったはずだ。それなのに、彩夏さんが真犯人として逮捕され、それを裏付けるような証拠が見つかり、さらに彼女自身がそれを認めている。いったい何が起こっているのか理解できず、混乱が続いていた。

「海斗、お前はいったいなにをしたんだよ？」

　岳士は包帯で包まれた左手首を撫でる。しかし、返答はなかった。

　電ノコを振り下ろしたとき海斗がつぶやいた、『それでいいんだよ』という言葉の意味。それが分からなかった。

　あれは、再び海斗を殺した俺が、その罪に耐えきれずに生み出した幻聴ではないだろうか。海斗は俺を恨んで消えていったんじゃないだろうか？

　そんな想いが、ずっと岳士を責め立てていた。

　幻肢痛がさらに悪化する。歯を食いしばって耐えていると、ふと机の隅に封筒や葉書が山積みになっていることに気づいた。

そういえば、家出中に届いた郵便物をまとめておいたって、母さんが言っていたな。なにかしていれば気も紛《まぎ》れて、この痛みが少し和《やわ》らぐかもしれない。岳士は右手で郵便物を掻き寄せると、それらに目を通しはじめた。

ダイレクトメールなどに混じって、高校の同級生たちからの手紙があった。その大部分が登校しなくなった岳士のことを心配するものだった。その中に幼馴染の少女、海斗の恋人であり、そして自分が密かに淡い想いを抱いていた相手のものがあることに気づき、岳士はそれを手に取る。そこには、海斗が死んだあと、つらく当たったことを謝罪する内容が記してあった。そして海斗が命を落としたのは、岳士のせいじゃないとも。

岳士は表情を緩ませて息を吐くと、その手紙を抽斗の中にしまった。

彼女からの手紙は嬉しかった。けれど、やっぱり海斗を殺したのは俺だ。俺は二回もあいつを殺してしまった。

唇を嚙みながら、岳士は次の封筒に手を伸ばす。定規で引いたような角ばった文字で「風間岳士様」と宛名が書かれている。

誰からだ？　封筒を裏返した岳士は息を吞む。そこには「Kより」と記されていた。

まさか⁉　岳士は震える右手でせわしなく封筒を開けていく。中には便箋が折りたたまれて入っていた。それを取り出して広げた岳士の口から「ああっ……」と声が漏れる。

丸みを帯びた特徴的な文字。海斗の筆跡。海斗からの手紙。

岳士は息を乱しながら、便箋に記された文章を目で追っていく。

『前略
この手紙をお前が読んでいるということは、僕はもう消えているだろう。とか、こういう書き出しの手紙、映画とかでよくあるよね。一度やってみたかったんだ。夢がかなったよ。

さて、ムダ話はこれくらいにして、本題に入ろう。時間もないしね。

僕は隠れ家のバーでこの手紙を書いている。そう、あのお姉さんの部屋に忍び込んで、彼女が錬金術師だって分かったあと、ヤケになったお前が眠っている間に書いているのさ。

お前が目を覚ましたら、僕は「ずっと同じ姿勢で横になっていた」って言うつもりだけど、それは真っ赤なウソ。その間に僕はメチャクチャ忙しく動き回っていたんだよ。例えば、コンビニまで行ってこのレターセットとペン、あと切手とかを買ってきたりね。

お前も知っての通り、僕は嘘つきなんだ。

それじゃあ、これから僕がついた一番大きな嘘のネタばらしをするよ。重要なところだからよく読んで、しっかり理解するんだぞ。

僕は早川を殺してなんかいない。

そう、僕たちは早川殺しの犯人なんかじゃないんだよ。

僕はこれから、目を覚ましたお前に、自分が早川殺しの真犯人だと思い込ませるつもりだ。

お前は、僕が手帳の内容を知っていることに気づいて、僕がその手帳をずっと持っていたと思うだろう。それを、あのお姉さんの部屋に仕込んで、彼女こそが早川殺しの犯人だと思い込ませようとしたと。

けれど、それこそ僕の作戦さ。お前が眠っているこの時間で、僕はあの手帳に目を通したんだよ。そして、あたかも口を滑らせたようなふりをして、お前に僕が真犯人だと思い込ませるつもりだ。

ちなみに、この時間で一度スマホの電源も入れて、スネークのボスからの脅迫も確認している。まあ、間違いなくあのお姉さんの狂言誘拐だろうけどね。

さて、ここまで読んできたお前は、きっとこう思っているよね。

なんで、自分が犯人だなんて思わせる必要があったんだよ、ってね。答えはとても単純だよ。

お前に、僕を切り落とさせるためさ。

あのお姉さんの部屋からバーに戻ってきて、僕は気づいたんだよ。このままじゃ、僕がお前を呑み込んじゃうってね。お前が消えちゃうって。サファイヤをやめさせるのが遅すぎたんだ。もっと早くお前を監禁しておけばよかったって思ったけど、もう後の祭りだった。

最後の手段は、僕の本体である左手を切り落とすことだ。けれど、あのお姉さんにダマされていたことを知ったお前は、無気力になってそれをしてくれない。僕が自分で切り落とすことも難しい。

そこで僕は芝居をうつことに決めたんだ。一世一代の大芝居をね。

まず、僕が真犯人で、しかもお前の身体を最初から乗っ取ろうとしていたとお前に思い込ませる。そうすれば、僕を恨んで、切り落とすことに抵抗がなくなるだろうからね。そのうえで、あえてあのお姉さんの罠にかかって彼女に会いにいく。そして、必死に助けたあとで彼女を殺すふりをする。僕を切り落とさなければ、彼女が殺されるっていうシチュエーションを作る。それが僕の計画さ。

この手紙をお前が読んでいるということは、きっと計画は成功したんだろうね。お前は自分の意思で僕を切り落としたんだろ？

けど、負い目なんて感じることないぞ。これは僕が選んだことだ。僕が自分の意思で行ったことなんだからね。

お前はもしかしたら、僕を二度殺したとか思っているんじゃないかな？　けれど、それは違う。僕が死んだのは誰の責任でもない。

それどころか、きっと僕はお前に生かされているんだよ。

お前は生まれてからずっと、僕のそばにいた分身だ。僕が死んだ後も、「僕」という存在の欠片《かけら》はお前の中に存在し続けているはずなんだ。だからこそ、「僕」はお前の左手に宿ったんじゃないかな。そして、左手が切り落とされて、お前と話すことができなくなっても、お前が僕を忘れない限り、「僕」の欠片はお前の中に在り続ける。


僕はずっと、お前の中で生きている。

だから、胸を張って前を向け。自信を持って人生を謳歌しろ。

そしてなにかつらいことがあったら思い出してくれ。僕がどこかで見守っているってね。

さて、お前が起きる前にこの手紙を投函しないとな。

それじゃあ、これでお別れだ。

最後に一言。

お前の人生に幸あらんことを！

草々

親愛なる弟へ』

海斗より

胸の奥から熱い想いが溢れ、視界が滲んでいく。食いしばった歯の隙間から、慟哭が漏れはじめた。

「海斗……、海斗……」

手紙を握りしめながら、岳士は兄の名を呼び続ける。

岳士は包帯の巻かれた左手首を顔に当てる。柔らかい生地に、熱い涙が吸い込まれていった。

そこにわだかまっていた幻肢痛が、掌に落ちた雪の結晶のように溶けて消えた。

エピローグ

「行ってきます！」

玄関扉を開けた岳士は、大きく息を吸う。土の匂いが混じった初冬の冷たい空気が、肺いっぱいに広がった。

一連の事件が解決してから二ヶ月、リハビリを終えた岳士は今日から復学することになっていた。

岳士は左手、精巧に作られた義手に視線を落とす。この義手にもだいぶ慣れてきた。

逮捕されたスネークのメンバーたちの裁判は着々と進んでいた。ときどき連絡をしてくる番田からの情報によると、メンバーたちの証言からスネークが組織的に行っていた犯行の全容が解明され、幹部たちを中心にかなり長い懲役を食らうことになる見通しらしい。心配していた裁判での証言は、いまのところ求められてはいない。おそらく、それが必要ないほどの証拠が上がってきたのだろう。

岳士の左手の怪我についても、いつの間にか事故として片付けられていた。両親は不満げだったが、岳士が「もう、あの時のことは思い出したくない」と言ってなんとか納得させた。

こうして、サファイヤの流通ルートは消滅し、あの妖しい蒼色に輝くクスリは世間から姿を消した。

彩夏に関しては、サファイヤの作製と早川の殺害について全面的に認めているということだった。

「十年を超える実刑を食らうことになるだろうな」

先日、番田は電話でそう言っていた。

これから、長い時間をかけて、彩夏は自分の罪を償っていく。きっと亡くした弟との思い出とともに。

脳裏をよぎった彩夏の笑顔を、岳士は振り払う。もう彼女と自分の歩む道は分かれたのだ。彼女が番田を通じて伝えた「さようなら」という言葉。それは彼女がまた前を向いて歩き出す決意だったのだろう。

俺も前を向いて進んでいこう。まっすぐに前を。

岳士はゆっくりと歩を進めていく。バイク事故を起こしてからこれまでの記憶が、鮮明に頭に蘇ってくる。

悪夢のような数週間の記憶。しかしそれはなぜか、キラキラと輝いていた。

宝石のごときひと夏の経験。

大切な兄との、絆の物語。

「楽しかったよな、海斗」

岳士は右手で義手に触れる。

冬の訪れを告げる風とともに、どこからか海斗の声が聞こえた気がした。

初出　「別冊文藝春秋」第三二七号~第三三九号
単行本　二〇一九年三月　文藝春秋刊

文春文庫

レフトハンド・ブラザーフッド　下

定価はカバーに
表示してあります

2021年11月10日　第1刷

著　者　知《ち》念《ねん》実《み》希《き》人《と》

発行者　花田朋子

発行所　株式会社　文藝春秋

東京都千代田区紀尾井町3-23　〒102-8008
TEL　03・3265・1211㈹
文藝春秋ホームページ　http://www.bunshun.co.jp

落丁、乱丁本は、お手数ですが小社製作部宛お送り下さい。送料小社負担でお取替致します。

印刷・萩原印刷　製本・加藤製本

Printed in Japan
ISBN978-4-16-791777-7

（　）内は解説者。品切の節はご容赦下さい。

恩田　陸
木洩れ日に泳ぐ魚
アパートの一室で語り合う男女。過去を懐かしむ二人の言葉に、意外な真実が混じり始める。初夏の風、大きな柱時計、あの男の背中。心理戦が冴える舞台型ミステリー。（鴻上尚史）
お-42-3

恩田　陸
夜の底は柔らかな幻（上下）
国家権力の及ばぬ〈途鎖国〉。特殊能力を持つ在色者たちがこの地の山深く集う時、創造と破壊、歓喜と惨劇の幕が切って落とされる！　恩田ワールド全開のスペクタクル巨編。（大森　望）
お-42-4

恩田　陸
終りなき夜に生れつく
ダークファンタジー大作『夜の底は柔らかな幻』のアナザーストーリーズ。特殊能力を持つ「在色者」たちの凄絶な過去が語られる。至高のアクションホラー。（白井弓子）
お-42-6

大山誠一郎
密室蒐集家
消え失せた射殺犯、密室から落ちてきた死体、警察監視下で起きた二重殺人。密室の謎を解く名探偵・密室蒐集家。これぞ究極の密室ミステリ。本格ミステリ大賞受賞作。（千街晶之）
お-68-1

大山誠一郎
赤い博物館
警視庁付属犯罪資料館の美人館長・緋色冴子が部下の寺田聡と共に、過去の事件の遺留品や資料を元に難事件に挑む。超ハイレベルで予測不能なトリック駆使のミステリー！（飯城勇三）
お-68-2

太田紫織
あしたはれたら死のう
自殺未遂の結果、数年分の記憶と感情の一部を失った遠子。その時に亡くなった同級生の少年・志信と自分はなぜ死を選んだのか――遠子はＳＮＳの日記を唯一の手がかりに謎に迫るが。

お-69-1

太田紫織
銀河の森、オーロラの合唱
地球へとやってきた、慈愛あふれる宇宙人モーンガータ（見た目はほぼ地球人）。オーロラが名物の北海道陸別町で宇宙人と暮らす日本の子どもたちが出会うちょっとだけ不思議な日常の謎。

お-69-2

川端裕人
夏のロケット
元火星マニアの新聞記者がミサイル爆発事件を追ううち遭遇する高校天文部の仲間。秘密の町工場で彼らは何をしているのか。ライトミステリーで描かれた大人の冒険小説。（小谷真理）
か-28-1

垣根涼介
午前三時のルースター
旅行代理店勤務の長瀬は、得意先の社長に孫のベトナム行きの付き添いを依頼される。少年の本当の目的は失踪した父親を探すことだった。サントリーミステリー大賞受賞作。（川端裕人）
か-30-1

垣根涼介
ヒート アイランド
渋谷のストリートギャング雅《みやび》の頭《ヘッド》、アキとカオルは仲間が持ち帰った大金に驚愕する。少年たちと裏金強奪のプロフェッショナルたちの息詰まる攻防を描いた傑作ミステリー。

か-30-2

垣根涼介
ギャングスター・レッスン
ヒート アイランドII
渋谷のチーム「雅」の頭、アキは、チーム解散後、海外放浪を経て、裏金強奪のプロ、柿沢と桃井に誘われその一員に加わる。『ヒート アイランド』の続篇となる痛快クライムノベル。
か-30-4

垣根涼介
サウダージ
ヒート アイランドIII
故郷を捨て過去を消し、ひたすら悪事を働いてきた一匹狼の犯罪者と、コロンビアからやって来た出稼ぎ売春婦。ふたりは大金を摑み、故郷に帰ることを夢みた。狂愛の行きつく果ては——。
か-30-3

垣根涼介
ボーダー
ヒート アイランドIV
〈雅〉を解散して三年。東大生となったカオルは自分たちの名を騙ってファイトパーティを主催する偽者の存在を知る。過去の発覚を恐れたカオルは、裏の世界で生きるアキに接触するが。
か-30-5

加納朋子
螺旋階段のアリス
憧れの私立探偵に転身を果たしたものの依頼は皆無、事務所で暇をもてあます仁木順平の前に、白い猫を抱いた美少女・安梨沙が迷いこんでくる。心温まる7つの優しい物語。（藤田香織）
か-33-6

（　）内は解説者。品切の節はご容赦下さい。

加納朋子
虹の家のアリス
心優しき新米探偵・仁木順平と聡明な美少女・安梨沙。『不思議の国のアリス』を愛する二人が営む小さな事務所に持ちこまれる6つの奇妙な事件。そして安梨沙の決意とは。（大矢博子）
か-33-7

香納諒一
贄《にえ》の夜会（上下）
《犯罪被害者家族の集い》に参加した女性二人が惨殺された。容疑者は少年時代に同級生を殺害した弁護士！　サイコサスペンス＋警察小説＋犯人探しの傑作ミステリー。（吉野　仁）
か-41-1

桂　望実
エデンの果ての家
母が殺された――葬儀の席で逮捕されたのは僕の弟だった。「理想の家庭」で疎外感を味わう主人公の僕は、真相を求めて父と衝突を繰り返すが……。渾身の「魂のミステリ」。（瀧井朝世）
か-43-3

門井慶喜
天才たちの値段　美術探偵・神永美有
美術講師の主人公と、真贋を見分ける天才の美術コンサルタント・神永美有のコンビが難題に取り組む五つの短篇。ボッティチェッリ、フェルメールなどの幻の作品も登場。（大津波悦子）
か-48-1

門井慶喜
天才までの距離　美術探偵・神永美有
黎明期の日本美術界に君臨した岡倉天心が、自ら描いたという仏像画は果たして本物なのか？　神永美有と佐々木昭友のコンビが東西の逸品と対峙する、人気シリーズ第二弾。（福井健太）
か-48-2

門井慶喜
注文の多い美術館　美術探偵・神永美有
榎本武揚が隕石から作ったという流星刀や支倉常長が持ち帰ったローマ法王の肖像画、京都から出土した〝邪馬台国の銀印〟は本物か？　大好評のイケメン美術探偵シリーズ！（大崎　梢）
か-48-5

門井慶喜
キッドナッパーズ
その犯罪者は、なぜか声が甲高く背は低く……オール讀物推理小説新人賞受賞の誘拐ミステリー「キッドナッパーズ」ほか、楽しく機知に富んだ単行本未収録ミステリー集。（宇田川拓也）
か-48-6

北村 薫
街の灯
昭和七年、士族出身の上流家庭・花村家にやってきた若い女性運転手〈ベッキーさん〉。令嬢・英子は、武道をたしなみ博識な彼女に魅かれてゆく。そして不思議な事件が……。（貫井徳郎）
き-17-4

北村 薫
玻璃《はり》の天
ステンドグラスの天窓から墜落した思想家の死は、事故か殺人か――表題作「玻璃の天」ほか、ベッキーさんの知られざる過去が明かされる、『街の灯』に続くシリーズ第二弾。（岸本葉子）
き-17-5

北村 薫
鷺《さぎ》と雪《ゆき》
日本にいないはずの婚約者がなぜか写真に映っていた。英子が解き明かしたそのからくりとは――。そして昭和十一年二月、物語は結末を迎える。第百四十一回直木賞受賞作。（佳多山大地）
き-17-7

北村 薫
中野のお父さん
若き体育会系文芸編集者の娘と、定年間近の高校国語教師の父。娘が相談してくる出版界で起きた「日常の謎」を、父は抜群の知的推理で解き明かす！　新名探偵コンビ誕生。（佐藤夕子）
き-17-10

北村 薫
水に眠る
同僚への秘めた思い、途切れた父娘の愛、義兄妹の許されぬ感情……。人の数だけ、愛はある。短編ミステリーの名手が挑む十篇の愛の物語。有栖川有栖ら十一人による豪華解説を収録。
き-17-11

貴志祐介
悪の教典　（上下）
人気教師の蓮実聖司は裏で巧妙な細工と犯罪を重ねていたが、綻びから狂気の殺戮へ。クラスを襲う戦慄の一夜。ミステリー界の話題を攫った超弩級エンターテインメント。（三池崇史）
き-35-1

喜多喜久
プリンセス刑事《デカ》
女王の統治下にある日本で、王女・白桜院日奈子がなんと刑事になった！　血が苦手な若手刑事とのコンビで挑むのは、凶悪な連続〝吸血〟殺人！　二人は無事に犯人を逮捕できるのか？
き-46-1

（　）内は解説者。品切の節はご容赦下さい。

喜多喜久
プリンセス刑事《デカ》
生前退位と姫の恋
女王統治下にある日本で、刑事となったプリンセス日奈子。女王が生前退位を宣言し、王室は大混乱に陥る。一方ではテロが相次ぎ――。日奈子と相棒の芦原刑事はどう立ち向かうのか。
き-46-2

黒川博行
文福茶釜
剝いだ墨画を売りつける「山居静観」、贋物はなんと入札目録「宗林寂秋」、マンガ世界の贋作師を描く表題作「文福茶釜」など全五篇。古美術界震撼のミステリー誕生！　（落合健二）
く-9-6

黒川博行
煙霞《えんか》
学校理事長を誘拐した美術講師と音楽教諭。馘首の噂に踊らされ、正教員の資格を得るための賭けに出たが、なぜか百キロの金塊が現れて事件は一転。ノンストップミステリー。（辻　喜代治）
く-9-9

黒川博行
離れ折紙
失われた名画、コレクターの愛蔵品、新発見の浮世絵、折紙つきの名刀…。幻の逸品をめぐる騙しあいを描き、人間の尽きることない欲望をあぶり出す傑作美術ミステリ。　（柴田よしき）
く-9-12

黒川博行
後妻業
結婚した老齢の相手との死別を繰り返す女・小夜子と、結婚相談所の柏木につきまとう黒い疑惑。高齢の資産家男性を狙う〝後妻業〟を描き、世間を震撼させた超問題作！　（白幡光明）
く-9-13

倉知　淳
片桐大三郎とXYZの悲劇
元銀幕の大スター・片桐大三郎の趣味は、犯罪捜査に首を突っ込む事。その卓越した推理力で、付き人の乃枝と共に事件に迫る。絶妙なコンビが活躍するコミカルで抱腹絶倒のミステリー。
く-40-1

櫛木理宇
鵜頭川村事件《うずかわむらじけん》
亡き妻の故郷・鵜頭川村へ墓参りに三年ぶりに帰ってきた父と幼い娘。突然の豪雨で村は孤立し、若者の死体が発見される。狂乱に陥った村から父と娘は脱出できるのか？　（村上貴史）
く-41-1

（　）内は解説者。品切の節はご容赦下さい

今野 敏《びん》
曙光の街
元ＫＧＢの日露混血の殺し屋が日本に潜入した。彼を迎え撃つのはヤクザと警視庁外事課員。やがて物語は単なる暗殺事件から警視庁上層部のスキャンダルへと繋がっていく！（細谷正充）
こ-32-1

今野 敏
白夜街道
外務官僚が、ロシア貿易商と密談後に変死した。警視庁公安部の倉島警部補は、元ＫＧＢの殺し屋で貿易商のボディーガードとなったヴィクトルを追ってロシアへ飛ぶ。緊迫の追跡劇。

こ-32-2

今野 敏
凍土の密約
公安部でロシア事案を担当する倉島警部補は、なぜか殺人事件の捜査本部に呼ばれる。だがそこで、日本人ではありえないプロの殺し屋の存在を感じる。やがて第2、第3の事件が……。

こ-32-3

今野 敏
アクティブメジャーズ
「ゼロ」の研修を受けた倉島に先輩公安マンの動向を探るオペレーションが課される。同じころ、新聞社の大物が転落死した。二つの事案は思いがけず繋がりを見せ始める。シリーズ第四弾。

こ-32-4

今野 敏
防諜捜査
ロシア人ホステスの轢死事件が発生。事件はロシア人の殺し屋による暗殺だという日本人の証言者が現れた。ゼロの研修から戻った倉島は、独自の〝作業〟として暗殺者の行方を追う！

こ-32-5

近藤史恵
インフルエンス
友梨、里子、真帆。大阪郊外の巨大団地に住む三人の少女は不可解な殺人事件で繋がり、罪を密かに重ね合う。三十年後明らかになる驚愕の真相とは。現代に響く傑作ミステリ。（内澤旬子）
こ-34-6

笹本稜平
時の渚
探偵の茜沢は死期迫る老人から、昔生き別れになった息子を捜し出すよう依頼される。やがて明らかになる「血」の因縁と意外な結末。第18回サントリーミステリー大賞受賞作品。（日下三蔵）
さ-41-1

（　）内は解説者。品切の節はご容赦下さい。

廃墟に乞う
佐々木 譲
道警の敏腕刑事だった仙道は、ある事件をきっかけに休職中。だが、心身ともに回復途上の仙道には、次々とやっかいな相談事が舞い込んでくる。第百四十二回直木賞受賞作。（佳多山大地）
さ-43-5

地層捜査
佐々木 譲
時効撤廃を受けて設立された「特命捜査対策室」。たった一人の専従捜査員・水戸部は退職刑事を相棒に未解決事件の深層へ切り込む。警察小説の巨匠の新シリーズ開幕。（川本三郎）
さ-43-6

代官山コールドケース
佐々木 譲
神奈川県警より先に17年前の代官山で起きた女性殺しを解決せよ。密命を受け、特命捜査対策室の刑事・水戸部は女性刑事とコンビを組んで町の奥底へ。シリーズ第二弾。（杉江松恋）
さ-43-7

幻肢
島田荘司
交通事故で記憶を失い不安と焦燥でうつ病を発症した遥。TMS（経頭蓋磁気刺激法）の治療直後から出現した恋人・雅人の幻との逢瀬にのめり込む遥にやがて悲劇が!?（中野信子）
し-17-12

紫のアリス
柴田よしき
こんな最悪の日がある？　不倫を清算し会社を辞めた日、公園で死体を発見！　脇に立つのはウサギ？　そして不倫相手が自殺したという知らせが。脅える紗季を待ち受けるのは？（西澤保彦）
し-34-16

アンソロジー　捨てる
大崎 梢・近藤史恵・篠田真由美・柴田よしき・永嶋恵美
新津きよみ・福田和代・松村比呂美・光原百合
連作ではなく単発でしか描けない世界がある——9人の女性作家が持ち味を存分に発揮し、「捨てる」をテーマに競作！　様々な女性たちの想いが交錯する珠玉の短編小説アンソロジー。
し-34-50

アンソロジー　隠す
大崎 梢・加納朋子・近藤史恵・篠田真由美・柴田よしき
永嶋恵美・新津きよみ・福田和代・松尾由美・松村比呂美・光原百合
誰しも、自分だけの隠しごとを心の奥底に秘めているもの——。実力と人気を兼ね備えた11人の女性作家らがSNS上で語り合い「隠す」をテーマに挑んだエンターテインメントの傑作！
し-34-51

雫井脩介
検察側の罪人（上下）
老夫婦刺殺事件の容疑者の中に、時効事件の重要参考人が。今度こそ罪を償わせると執念を燃やすベテラン検事・最上だが、後輩の沖野はその強引な捜査方針に疑問を抱く。（青木千恵）
し-60-1

塩田武士
雪の香り
十二年前に失踪した恋人が私の前に現れた。だが彼女には何か大きな秘密があるらしい。彼女が隠す「罪」とは。『罪の声』著者が京都の四季を背景に描く純愛ミステリー。（尾関高文）
し-63-1

瀬川コウ
君と放課後リスタート
君を好きだった気持ちさえなくしてしまったのだろうか？　ある日、クラスメート全員が記憶喪失に!?　全ての人間関係の記憶も失われた状態で生まれた謎を「僕」は解き明かせるか。
せ-13-1

髙村　薫
地を這う虫
――人生の大きさは悔しさの大きさで計るんだ。夜警、サラ金とりたて業、代議士のお抱え運転手……。栄光とは無縁に生きる男たちの敗れざるブルース。「愁訴の花」「父が来た道」等四篇。
た-39-1

高野和明
13階段
前科持ち青年・三上は、刑務官・南郷と記憶の無い死刑囚の冤罪をはらす調査をするが、処刑まで時間はわずか。無実の命を救えるか？　江戸川乱歩賞受賞の傑作ミステリー。（友清　哲）
た-65-2

滝沢志郎
明治乙女物語
西欧化の波が押し寄せる鹿鳴館時代。女高師で学ぶ咲と夏は、舞踏会で爆発事件に遭遇。それは、明治を揺るがす大事件の幕開けだった。松本清張賞受賞作の青春ミステリー。（中島京子）
た-103-1

辻村深月
太陽の坐る場所
高校卒業から十年。有名女優になった元同級生キョウコを同窓会に呼ぼうと画策する男女六人。だが彼女に近づく程に思春期の痛みと挫折が甦り……。注目の著者の傑作長編。（宮下奈都）
つ-18-1